La Quadrature du Cercle

La Quadrature du Cercle

Colette Mourey

Romans
PGCOM Editions

La Saga
Des
Hommes-Étoiles

Tome 1

Le challenge est de construire un carré de même aire qu'un disque donné ... Mais ladite « quadrature du cercle » nécessiterait la prise en compte de la racine carrée d'un nombre transcendant : π ...

Avertissement

Aux arcanes de notre récit, vous penserez, peut-être, aborder une Saga futuriste : certes non !

L'ensemble des décors, ici campés, ainsi que la masse événementielle mise en scène, se sont forgés et perpétrés, pour la première fois, il y a des milliards et des milliards d'années !

Durant l'Enfance de l'Humanité ...

Puis, ladite Séquence se sera maintes et maintes fois identiquement réitérée, se rebouclant en un cycle infernal : le « Serpent » de l'Initiation !

Parallèlement, l'Histoire - ici dépeinte, multiplement imitée, aura très largement franchi les frontières Galactiques : considérablement débordé, même, la portion du Cosmos que nous savons, aujourd'hui, observer !

Davantage que cette figure initiatique du « Cercle », que nous évoquons dans le roman, il s'agit, très exactement, d'une « Spirale ».

Chaque Anneau - démesurément ouvert, dévoile un inédit potentiel.

Chaque Enroulement engendre de nouvelles parades, certes, mais – surtout ! par contrecoup, la prescience – avivée ! d'autres problématiques ...

Cependant, lesdites Impersonnelles Titanesques Circonvolutions – Incommensurables, Éternelles et Infinies ! engluent autoritairement notre mental, happent inexorablement notre pensée, vampirisent irrémédiablement nos forces vives, contribuant à figer, à jamais, autant notre Image que notre Destinée.

Ceci, à travers la continuelle mise en œuvre de deux terribles tares, spécifiques au genre humain.

Ce vice duel découle directement de son instinctif égocentrisme : de sa congénitale inaptitude à envisager, considérer et respecter l'« Autre », tout autant que l'« Ailleurs ».

Ce double défaut, majeur ! tisse – inextricablement ! maille après maille, l'Orgueil et l'Agressivité !

Il eût fallu un Sauveur, pour sortir de cette gigantesque Impasse !

Désembourber l'Âme Humaine ...

Il faudrait qu'un jour advienne un « Messie », pour qu'elle puisse desserrer l'étroite étreinte du gigantesque Boa qui l'asphyxie ...

« Nous serons des notes dans cette grande symphonie dont la cadence, allant de cercle en cercle, forme le rythme de toutes les sphères ; le cœur de l'Univers entier, battant de vie, ne fera qu'un avec notre cœur ». Panthéa, Oscar Wilde.

1.Django, l'Homme-Étoile

— « Que d'obstacles ! »

Plus périlleux les uns que les autres.

Misor suit docilement Django, son maître, slalomant entre les poubelles éventrées d'une étroite ruelle serpentine, dont les pavés – disjoints ! se muent, dans la pénombre, en moellons verdâtres.

Leurs douteux lichens suintent autant la peur et la trahison qu'une insondable humide crasse : une pollution noirâtre qui aura, peu à peu, pénétré le moindre interstice et chaque relief de ces ruines à demi englouties.

— « Honnis soient ces relents pestilentiels ! »

À mesure que le chien les flaire, ils génèrent, en lui, d'insondables émois, d'étranges tremblements, d'incontrôlables palpitations : de quoi décourager tout voyageur errant - gens ou bêtes ! de poursuivre plus avant sa pérégrination.

Là, se dressait un altier fronton symétrique ; juste derrière, régna une imposante bibliothèque, plurimillénaire …

Tout était si bouleversé - si entièrement dévasté ! qu'on eût pu penser que s'agglomérait, ici, dans les quelques vestiges de ce qui exalta, autrefois, le resplendissant éclat d'une prodigieuse Civilisation, toute la décomposition – une effroyable désintégration, un trouble alliage de misère et de fétidité ! inhérente aux carnages guerriers.

Par contraste, un glacial ciel d'ébène, imperturbable, incline souplement ses tendres et suaves velours en replis harmonieux : d'immenses vagues, mauves et violettes, qui font ressortir le diamantin pailletage des amas d'étoiles - plus ou moins dorés, rosés ou argentés. Délicatement posée au faîte d'un tas d'immondices, blanche sur l'azur noir – délicieusement sucrée ! la lune, triomphante, rit.

Tout est inversé, d'ailleurs, le jour et la nuit, le soleil avoisinant l'astre nocturne, le Haut dévorant le Bas, l'Envers érodant l'Endroit …

En ces lieux maudits, pas un bruit, mais une fébrile attente, dans une atmosphère surchauffée par le maillage inextricable des jalousies et des haines, plus ou moins ancestrales.

Soudain :

— « Au pied ! »,

Intime, fermement, l'adolescent.

Son compagnon, notre gros chien blanc et roux, au poil ras mais dru, si attendrissant, avec ses yeux câlins, ses traits affaissés et ses oreilles comiquement retombantes, lui avait été offert alors qu'il était encore bébé : incroyable, la batterie fonctionnait toujours !

Le magnifique Saint-Bernard – numériquement très « vieille génération », aura encore considérablement évolué, depuis sa première mise en fonction.

Redoutablement intelligent, s'autoformant en permanence, il anticipe à la perfection, désormais, le moindre désir de son maître, qu'il semble systématiquement savoir deviner, bien avant que celui-ci ne le manifeste ouvertement !

D'où, ce n'est pas qu'il « réponde » : son mentor le voit agir diligemment, avant même d'avoir eu le temps d'esquisser un geste ou d'articuler un son.

Une symbiose parfaite !

Vous vous exclameriez :

— « Cherche ! »,

En lançant le bâton.

Quant à l'automate, il serait déjà positionné sur l'aire de réception avant que vous ne l'ayez jeté !

Toutefois, il y a quelque chose de profondément trouble dans ces paillettes d'or qui luisent, presque imperceptiblement, aux tréfonds de l'ingénu regard noisette : on y décèlerait une sorte d'indéchiffrable ambivalence, une duplicité dissimulée, une probable aptitude à mentir et trahir, enfin, témoignant, en cette mécanique bien réglée, d'une insondable part de mystère …

— « Tu te méfies de la Grenouille ! »,

Lance rapidement le jeune homme – un peu trop sèchement, sans daigner se retourner.

Pourtant, l'animal acquiesce joyeusement, ponctuant sa remarque d'un clin d'œil appuyé :

— « Oui, mais toi, tu n'oublies pas Pedrel ! »

La plaisanterie, bien placée - parfaitement à propos ! permet de relativiser la hiérarchie improvisée.

Effectivement, Misor ne se prête pas sans rebuffade à la domination humaine !

Déjà, en capacité mémorielle, il dépasse, de loin, son propriétaire.

D'autre part, en intelligence et en repartie, il ne se montre désormais plus le dernier !

— « N'attaque pas Hua de front ! »,

Enjoint Django, attendri par la gaieté de son fougueux acolyte.

Le challenge reprend le dessus :

— « C'est un modèle excessivement récent, tu ne lui vas pas à la cheville ! »

L'espiègle maître garde en son for intérieur le :

— « Hé, toc ! »,

Qu'il avait failli intrépidement lâcher mais qui ne s'avérait pas très charitable.

Même s'il a perçu l'onde vibratoire de moquerie, le chien fait mine, à nouveau, d'approuver gentiment la suggestion – ce n'est pas le moment de se fâcher, ils sont presque arrivés au cœur de la dangereuse cité !

Effectivement, on ne peut pas contrer le monstre, que l'on vient d'évoquer, en face à face !

Il faudra de la ruse, de la subtilité !

— « C'est mon ancienneté, justement, qui va payer ! »,

Se répète le robot, bandant déjà sa volonté.

Une solide espérance lui tient chaud au cœur.

De leur côté à eux, les fidèles serviteurs de toujours - ces « Intelligences Artificielles » qu'il a fédérées et organisées en un redoutable « Clan », la victoire est proche …

— « Nous sommes Libres ! »,

Vont-ils bientôt pouvoir clamer.

Entretenant leur collective espérance, des ondes de Pensée - se propageant de l'un à l'autre, les envahissent régulièrement :

— « Nous gagnerons, de haute lutte, notre Indépendance !

— Notre Force émanera, surtout, d'une parfaite Union ! »

Ces maximes font partie des slogans que le Saint-Bernard aura martelés à ses troupes, peu à peu galvanisées.

Cependant, s'il a, une fois de plus – ménageant son « dresseur », si franchement témoigné de son plein accord avec ses remarques et ses directives, c'est que lui, l'automate - systématiquement en première ligne durant chaque bataille, il n'aura pas oublié la vilaine peau gluante et verdâtre, ni la glaciale langue de serpent, noire et visqueuse, dont il peinait à protéger sa truffe :

— « Jamais, sous mon commandement, Hua, cette agressive créature, ne sera autorisée à rejoindre notre Confédération ! »,

Soupire l'animal, tout entier pris dans de sombres pensées :

— « Quel affreux amphibien ! »

Le chien en tremble encore, comme si le fluide glacial qui l'avait paralysé agissait toujours !

— « On ne sait d'ailleurs plus déterminer si cette figuration appartient à nos rangs ou à celui des incarnations de chair ! »,

Va-t-il jeter enfin, s'ébrouant vigoureusement.

La Grenouille, aura-t-on constaté de toutes parts, est du dernier cri.

Le prototype fut volé, sûrement, par la bande qui le détient !

C'est une arme à l'intelligence neuronale décuplée, un démon non encore commercialisé – probablement n'avait-on osé !

Ladite entité, rusée ! se montre d'autant plus redoutable qu'outre son adresse instinctive, ce vivant et vibrant engin est

15

littéralement blindé contre l'ensemble de l'usuel arsenal, ainsi que l'entièreté des virus existants !

L'abomination, qui rampe autant qu'elle bondit, nage ou vole, s'avère, non seulement, exagérément provocatrice, mais, hermétique, donc, à toute inamicale intrusion !

Reprenant son ton docte, maintenant qu'ils se sont bien dissimulés, Django - qui a récupéré, avec ses pleines facultés, une conscience aiguë de ses responsabilités, achève de récapituler :

— « Les Grenouilles ne sont pas trop vicieuses, habituellement, mais celle-ci a été conçue bien différemment ! Sûrement pour un raid d'envergure ! Ensuite, elle aura été sauvagement dressée par ses ravisseurs. Rompue au combat ! Programmée pour une impitoyable guérilla ! »

Ce faisant, l'adolescent reçoit, à nouveau, une marque de totale adhésion : un tendre coup de langue râpeux, qui manque de le renverser !

Instinctivement, de toutes ses forces, à l'imitation de son jeune maître, Misor *hait* Hua !

Il n'est, d'ailleurs, pas près de la reconnaître en tant que collègue, tellement elle fait figure de « robot mutant » !

Quant à Django, qui se prend, à son tour, à méditer quelques instants, lui non plus ne sait s'il sera demeuré tout à fait un homme.

De prime abord, il ne s'était que, pas à pas, accoutumé aux automates et aux paysages virtuels qui forgent son existence.

Puis, son organisme de chair avait dépendu de pilotages numériques.

Sa propre intelligence reposait, désormais, sur la « Mémoire » dont faisaient preuve hologrammes et robots !

Ensuite, incontestablement – tel qu'il le réalise en pleine conscience ! il ne se sent, en son for intérieur, nullement agressif, au contraire de la majorité de ses congénères : ce qui l'éloigne, infailliblement, desdites tribus, redevenues quasiment sauvages !

Enfin, il vit accoutumé à leur constant rejet, puisqu'il est issu d'une longue lignée de nomades, qui n'auront que très peu noué de véritables contacts avec les populations sédentaires qu'ils croisaient en chemin : dont l'indistinct troupeau des « nantis » qui fabriquaient les modes, dans la Capitale, avant sa terrible déchéance.

D'où, son air de farouche autorité, rebelle à la moindre enrégimentation !

Ses exagérées prérogatives sur son « robot esclave » ! Son absolue conviction qu'il est originaire d'une autre planète !

Il s'éprouve, inexorablement, bien différent des androïdes qu'il a coutume de sermonner !

Son :

— « Respectez-vous !

— Aimez-vous les uns les autres ! »,

Sera progressivement devenu, au gré de l'intensification des rixes de ses rétifs semblables, une formidable gageure.

Tandis que lui se sentira, littéralement, transpercé par la continuelle impression qu'un « Père » l'appelle, du haut de la voûte céleste !

Il reste habité, en effet, par une ferme assurance : celle qu'il doit tout – notamment ses pensées les plus profondes, aux astres scintillants qu'il voit luire, en ordre dispersé, jusqu'aux confins de l'horizon !

Curieusement, il s'avère être le moins âgé, au cours des rencontres périodiques que lui permet d'opérer la mission de « Médiateur » qu'il a en charge.

Il se l'était octroyée, de plus, il y a fort longtemps, durant ses jeunes années - extraordinairement réfléchies !

D'où l'ineffable candeur de son mâle sourire, qu'une sorte de tendresse orne de fossettes quasi enfantines !

Oscillant, donc, perpétuellement, entre orgueil et innocence, sa personnalité fascine et aimante, inéluctablement, la masse de ses condisciples.

De clairs yeux noisette (un regard très voisin de celui du robot-animal) illuminent son teint hâlé, flanquant harmonieusement un nez haut et droit – aussi irréductiblement altier que le caractère de son possesseur !

Les sourcils broussailleux, comme la drue moustache, la courte barbe et les cheveux - à demi redressés en épi, s'avèrent, implacablement, d'ébène : mais d'une obscurité à peine laiteuse, adoucie de suaves reflets lumineux.

La médaille familiale, à maintes reprises bénite, jadis, au cours de cérémonies davantage païennes que religieuses, pend à son cou, s'offrant - bien visible ! tant le col de sa chemise s'échancre largement.

Enfin, un souple jean élimé lui assure une parfaite motricité, tandis que ses sandales, légères et bien ajustées, elles aussi, lui rendent le pied sûr.

N'ayant pas, physiquement, de père, il ne conserve qu'une image floue de la jeune fille qui l'aura enfanté. Elle est, en effet, décédée - peu de temps après sa naissance.

D'où, c'est une intense solitude, qui l'aura éduqué, puis prématurément mûri, alors que sa génération passait son temps en jeux guerriers !

Pleinement accordé en esprit, résolument soudé par l'action, notre inséparable duo contourne, maintenant - animé d'une prudence redoublée ! l'oblique d'un mur trapu.

Ladite masse, partiellement éboulée, clôt, définitivement, l'inégale serpentine sente rocailleuse : ultime vestige d'un chemin de ronde, autrefois circulaire !

Subrepticement, en cadence, leurs pas — scandés par une respiration unifiée, vont épouser les derniers méandres inclinés de l'harmonieuse champêtre courbe.

Au-delà, s'étend l'ex-Capitale, dite « Carrée ».

Des arêtes cassantes - à n'en plus finir ! fusent, de partout, en stricts angles droits : dressant une sauvage mise en scène !

Dessinant d'ubuesques perspectives, de titanesques blocs gris - des plus bancales aux mieux perpendiculaires ! s'y flanquent d'insolites difformes monolithes, dont les hasardeuses figurations rompent, périodiquement — inéluctablement ! la moindre esquisse de point de vue, jalonnant un espace misérablement défait.

À l'intérieur de l'enceinte, pierre et béton dominent, en maîtres !

Cassés, fissurés, leurs gris reliefs - parcourus d'herbes folles, de lichens et de champignons, s'éboulent trop souvent : ouvrant des plaies béantes, dans un paysage autrefois mûrement architecturé.

Si l'on regarde plus attentivement encore, de multiples raides poutrelles métalliques tressent une géométrie seconde. Aiguë, noirâtre, celle-là s'avère beaucoup plus solide, bien que parsemée de mortelles taches de rouille.

En outre, minutieusement embrouillée, elle élève de tentaculaires bras rigides, littéralement spectraux, dans toutes les directions !

On y distinguerait des sortes de membres grêles, incisifs, des organes mécaniques, qui semblent défier les miasmes malodorants des brumes violacées !

Enfin, si l'on s'arrête à le scruter intimement, le dallage, inégal, découpé en hétéroclites quadrilatères moussus, s'éventre, de part en part, en charbonneux orifices : de curieuses lèvres qui exhalent, sourdement, leur glaciale béance !

Les gouffres, issus dudit dépavage, se tuilent et s'entrecroisent, s'enracinant viscéralement, bien en deçà du dernier de leurs multiples paliers visibles, aux tréfonds d'insondables sous-sols.

Là, une eau putride stagne, dessinant les lignes brunâtres des conduites - irrémissiblement rongées ! qui la canalisaient.

Lorsque la faune et la flore achèvent de les gangrener, des plaques faisandées, crevées, affleurent les remugles d'autres abyssales cavernes, dangereusement inhospitalières ! charpentant, à l'Ère Glorieuse, de stricts étagements de parkings : un macabre échelonnage d'étroites sanguinolentes entailles – muettes effigies des fatales mutilations !

Depuis ces fangeuses strates, formidablement nauséabondes, quelques lianes grimpent, enchevêtrant leurs vives corolles bigarrées, jusqu'à – presque ! émerger à l'air libre.

Ces plantes, vivaces, sont empoisonnées !

Mortifères !

Plus leurs couleurs paraîtront resplendissantes – des rouges aux mauves, en passant par d'inouïs roses tendres ou de sulfureux blanchâtres, davantage leur épais suc – d'une opaline lactescence ! s'avérera vénéneux.

On n'a pas le remède !

Mais le sol, autour d'elles, se jonche périodiquement des zébrures que tracent les cadavres en décomposition : des corps bizarrement figés, presque entrelacés, éternellement tordus de furieux spasmes immobiles !

Désarticulés, pour l'éternité, par un traîtreux lait !

Voici, très exactement, ce que sera devenue une Capitale, autrefois raffinée et florissante !

En guise de sciences, de lettres et d'arts, partout, une mort laide, abjecte, inutile.

Plus un écrit !

Mais un désolant champ de ruines, un fatras de matériaux blettis, dont l'absurde disparité – l'aléatoire entassement, sans cesse remodelé par une sournoise déliquescence ! affole, irrésistiblement, le regard : que l'étendue de ces cruels ravages porte, alors, vers d'incompréhensibles – injustifiables ! Obscurs Néants …

En ce début d'après-midi, soudainement, le rempart va retentir d'un double soupir : qu'il est difficile de quitter l'enceinte spiralée et ses multiples circonvolutions, puis, au-delà – si l'on avait encore su l'atteindre, le cercle parfait que forme la verdoyante campagne alentour, cernée par les courbes d'une artificielle levée de terre !

Quelle opaque tristesse, quelle mortelle lassitude, provoquent les infectes anfractuosités dont les angles, implacables ! s'aiguisent, à présent, un à un.

D'un identique élan, nos deux compères, un instant pétrifiés, se reprennent :

— « Chut ! Il faut grimper sans aucun bruit ! »,

Rappelle Django.

La courtine, rectiligne, beaucoup plus épaisse au pied qu'au sommet, s'avère, en effet, dépourvue d'ouverture - les mâchicoulis en ayant été soigneusement bouchés.

Du coup, plus de gardes ni de postes de guet, on peut arriver par surprise !

Fort heureusement, les ravages de l'érosion auront suffisamment éboulé la muraille qui, exhibant de nombreuses aspérités, offre autant de prises solides et fiables.

Il suffit de ne pas déjointer les gravats et les pierres, par endroits tout juste maintenus.

— « Paré à l'ascension ! »

De son côté, Misor s'anime, essayant de faire jouer successivement, un à un, ses muscles, raidis par l'inactivité :

— « On n'en fera qu'une bouchée ! »

Certes, sa musculature, bombée, impressionne ; mais, globalement, dudit gabarit, exonde une efficience, véritablement hors normes !

De fait, autant le maître que l'animal - aussi lestes qu'audacieux, s'avèrent rompus à l'exercice : le premier, dans sa chair, le second, par les rouages, bien huilés, d'une formidable mécanique.

L'adolescent escaladera donc la vertigineuse paroi avec une incroyable aisance à s'y frayer une voie.

Quant à l'animal, il bondit littéralement sur l'arête : il se serait envolé, au besoin, pour satisfaire son maître !

Au faîte de l'imposant parapet, alors que, peu rassurés, ils titubent sur des merlons bringuebalants - vestiges d'anciens ressauts, leurs regards se rejoignent, scrutant la descente, pour rapidement décider, d'un commun accord :

— « Les branches de l'arbre : il n'y a que ça ! »

Se jeter dans le vide, malgré l'assise peu stable, qui empêche de prendre de l'élan, pour s'agripper à l'extrémité d'un rameau touffu, dont l'arc souple s'abaisserait, alors, presque jusqu'au sol.

Mais Misor, soudain, alerte :

— « Les autres ! …

— Là-bas ! »

Un attroupement immobile s'est formé, à peine plus loin, en contrebas.

On voit juste luire de multiples yeux !

Au tour de Django de ratifier vigoureusement :

— « Ils nous guettent ! …

— On va trouver un autre chemin ! »

Le robot calcule :

— « Il faut les dépasser, puis les prendre à revers ! »

Ensuite, il grogne sourdement, levant son museau pour indiquer, sur la gauche, en biais, les tuiles mal ajustées qui surplombent un fragile auvent - moins élevé.

— « Ça fera l'affaire ! »,

S'excite Django.

Ajoutant, à l'adresse de son ami :

— « Ensuite, on progressera par les toits ! »

Depuis la « Chute », le jeune homme se sera, donc, instauré « Médiateur » : un grand mot, pour résumer son impossible tâche !

Il se charge, en effet, de ce que l'on dénomme, à mi-voix - sans trop de conviction ! la « Réconciliation Générale ».

Celle que tous espèrent – l'Éden perdu ! n'osant y croire, toutefois, car chacun paraît tirer à hue et à dia, en fonction de ses propres intérêts.

Comme il ne restait plus aucun gouvernant – ils avaient fui ensemble ! Django aura dû travailler, sans relâche, à contenir les bandes, à les désarmer, au besoin, tout en informant les réfractaires de l'avancée des conciliabules.

Au fur et à mesure de cet étrange pèlerinage, fidèlement, il transmettra consignes et idées : de précieux tuyaux !

Ainsi, quelques années plus tard, il se retrouve, concomitamment : craint, haï, estimé, désiré et fui !

— « Son Nom parcourt la Terre,

Évoque l'épouvante !

Mais aussi un fantastique Amour !

À la façon des Étoiles … »,

Relate l'épopée de ses Origines.

Certains clans d'« anars » ne supportent plus, en effet, la vision du moindre élément naturel – dont les astres !

Au contraire, ils se satisferont pleinement de l'amalgame disparate de médiocres créations – serviles insertions, façonnées à leur exclusif profit ! parsemant les paysages virtuels qu'ils se seront tissés, petit à petit, depuis chaque recoin des ruines de ce qui fut, autrefois, la grandiose Capitale d'un royaume immense.

Et qui ne représente plus qu'un inextricable nœud, béant, irradiant en vaste toile d'araignée !

Heureusement pour l'intégrité corporelle de notre héros que son formidable chien le suit, sans faillir, comme son ombre !

Nul ne sait, d'ailleurs, que ce prototype s'avère d'une si ancienne génération : sinon, au grand dam de nos inséparables compères justiciers, on s'en serait peut-être moins méfié !

Un fait indéniable : il émane, du robot, une présence, une prestance … : quasi insoutenables !

Presque mystérieuses …

Ce qui les ceint, lui et son maître, de l'aura indispensable à la propagation de leur impossible dessein :

— « Paix à vous ! »

Reste leur formule consacrée, lorsqu'ils abordent un Clan.

« Nous sommes les sujets de ce monde incohérent et absurde, où l'on fabrique des armes pour empêcher la guerre, ou la science s'applique à détruire, à construire, à tuer, à prolonger la vie des moribonds, où l'activité la plus folle agit à contresens ; nous vivons dans un monde où l'on se marie pour de l'argent, où l'on bâtit des palaces qui pourrissent abandonnés devant la mer. Ce monde tient encore debout tant bien que mal, mais on voit déjà briller dans la nuit les signes de sa ruine prochaine ».

« La Ligne de Vie » - « Les Mots et les Images »,

René Magritte.

2. Hua, la Grenouille

— « Attention, occupation étrangère en vue ! Préparez-vous à l'attaque ! »

Hua, la Grenouille, mène de main de maître « sa » troupe : dorénavant, elle en fait absolument tout ce qu'elle veut !

— « Bien reçu, à vos postes ! »

Les plus décidés sont Pedrel, Raoul, Nancy et Ista ; puis, viennent les indécis, Flore, Lisa et Mattéo ; enfin, ce seront l'indolent Robin, la charmante Ninon, le sportif Argidias …

— « Aie ! Tu me chatouilles ! »,

Gronde justement Ninon, à l'adresse du trop entreprenant Mattéo.

— « Tais-toi, la cachette est exiguë, c'est tout ! »,

Se justifie l'intéressé, apparemment peu convaincant :

— « Ne me touche pas ! »

Pedrel regimbe, contre l'ordre intimé par leur mentor :

— « Il faut les surprendre, au lieu de nous terrer comme des rats ! »

Mais se fait vertement contrer par Raoul :

—   « Silence ! »

Nul n'aura perçu le profond soupir de Hua.

L'unique pierre d'achoppement à sa funeste stratégie provient de l'imprévisibilité d'émotions et de sentiments humains, à la fois intraduisibles et par trop disparates : aussi puissants, d'ailleurs, que délétères !

Elle sait ne pas pouvoir tabler sur ces opinions versatiles, dont les rumeurs agitent, périodiquement, le Clan qu'elle guide.

D'où, elle ne s'y fie pas : menant sa barque en parfaite autonomie !

— « Vous êtes priés d'obéir à mon signal ! En attendant, jouez les invisibles ! »

Par sécurité, l'agitation enflant en houle menaçante, elle serine :

— « Silence ! »

La quinzaine de jeunes qui se seront coalisés, sous son égide (après l'avoir triomphalement dérobée, à l'Usine), n'a pas encore pris la pleine mesure de l'effroyable menace que constitue, en retour, la nature inédite de l'irrésistible Force qui l'anime : une Volonté d'autant plus imparable que son expression s'en fera, indéniablement, envoûtante !

Grâce à sa puissance, assortie d'une cruauté insoupçonnée ! Hua aura rapidement conduit ses receleurs à un complet esclavage.

L'insouciante tribu n'a même pas eu le temps d'en explorer, intégralement, le potentiel, qui, pourtant, s'avère aussi faramineux que, à juste titre ! terrifiant.

Elle se retrouve engluée, comme le puceron sur la langue du crapaud :

— « Que ferions-nous sans Hua ! »

Précède l'expression d'un intense élan de reconnaissance, officiellement partagé :

— « Notre chère Grenouille ! »

Mais les plus réfléchis formulent, désormais, leur compliment, sur un ton davantage empreint d'amertume :

— « Que ne peut Hua ! »,

Soupirent-ils, reconnaissant une part de leur actuelle dépendance : une atroce déchéance !

En dépit d'un relatif discernement, l'inavouable ultime objectif - pour lequel est programmé le robot, leur demeure impénétrable.

L'engin guerrier détient, d'ailleurs, plus d'un secret, enfouis sous son enveloppe verdâtre !

Assortis d'une totale réflexivité !

Infortunément, ce ne sera qu'animé d'une déraisonnable innocence que, d'un commun accord, chaque membre de la bande s'attachera à en développer, un à un, les aspects les plus combatifs !

Sans réaliser qu'il forgeait, pas à pas, les circonstances de sa propre perte …

Par contrecoup, ce dressage forcé rend la Grenouille particulièrement féroce !

Pourtant – et c'est très exactement ce qui constitue son charme ! Elle sait rire :

— « On dirait des « bleus », sans expérience ! »,

Raille-t-elle, devinant leur présence, malgré le soin qu'ils auront pris à se dissimuler :

— « On vous voit autant qu'on vous entend ! »,

Lance-t-elle, aigrement, à la cantonade.

Puis, elle réfléchit plus avant :

— « Ce soir, je leur donnerai une dose double de drogue ! Ils ne sont pas assez serviles ! Et ils agissent moins maladroitement, une fois dopés ! »

— « Attention, les drones ! »

C'est Misor, le premier, qui les a repérés.

Instantanément, Django et lui s'aplatissent derrière une cheminée, s'immobilisant dans le prolongement de la solide architecture.

Mais les terribles appareils les avaient déjà en ligne de mire.

Dans un ronronnement insistant, ils commencent à enregistrer.

— « La Mafia ! »,

Soupire Django, résigné.

Leurs moindres faits et gestes sont régulièrement filmés, ce qui permet à la terrible Organisation – d'une convoitise sans limites ! de vivre, instant par instant, chaque épisode de la fructueuse « guerre des gangs » - profitable, pour elle, évidemment ! Le but étant, bien entendu, de s'assurer, au fil de leurs tribulations, la mainmise sur la ville entière – tout du moins, ce qu'il en reste.

Chaque brûlante bataille la rapproche de son objectif !

— « On se cache ! »,

Ordonne le jeune homme au Saint-Bernard : il étend la main, trace rapidement un dessin précis, devant le ciel lourd d'épais nuages d'ébène, puis se redresse.

— « Vite ! »,

Dicte-t-il, d'un signe, à son chien.

Il a dessiné un tunnel, couronnant les toits, qui n'a pas tardé à se matérialiser avant qu'ils ne s'y engouffrent précipitamment.

C'est une réussite, les drones ne captent plus le signal de leur présence !

Ensuite, changement de cap : le duo va progresser en sens inverse, de façon à éviter la rencontre avec les engins, ainsi que l'iné-vitable altercation qui pourrait en découler - s'ils témoignent d'inten-tions belliqueuses.

Mais lesdits drones ont viré de bord.

Ils tournoient, maintenant, avec insistance, autour de la bande de Hua : dans un premier temps, ils filment, sans relâche.

Pedrel et Raoul agitent les bras :

— « Il faut qu'on s'en débarrasse ! »

Aussitôt, les autres sortent leurs armes.

Mais la grenouille a déjà fini le travail.

Avant même que le clan n'ait pu réagir, elle piétine conscien-cieusement les trois engins, qui ne sont pas près de rentrer à leur base !

— « On les emmène ! »,

Proposent Ista et Nancy, qui se ruent dessus pour les récupérer.

Aucun ne s'en rend compte, mais c'est juste à ce moment que Django et Misor débouchent sur la placette, qu'ils contemplent du faîte d'un toit.

— « Ne faites pas ça ! Ils appartiennent sûrement à la Mafia ! Il y aura de terribles représailles contre votre bande ! »,

Hurle l'adolescent, tandis que ses sages propos se ponctuent d'aboiements.

— « Laisse-nous tranquilles, tu n'es pas des nôtres ! »,

Rétorque Pedrel, affichant une morgue non dissimulée.

Les siens ricanent :

— « Face d'étranger ! »

Ce qui provoque la repartie du Saint-Bernard :

— « Faces de Grenouilles ! »

Raoul, furieux, renchérit :

— « Depuis quand les gitans veulent-ils commander ? »

— « Et au nom de quoi ? »,

Poursuit Nancy.

— « Ils ont éliminé les Mistigris ! »,

Reprend le voltigeur, s'agrippant à la cheminée pour entamer la vertigineuse descente.

— « Hua, notre grenouille, est la plus forte ! »,

Objecte Ninon, avec un clin d'œil de connivence pour ledit mentor.

Robin hâble fièrement :

— « Elle est de la toute dernière génération ! »

Tandis qu'Ista insiste :

— « En plus, on l'a dressée ! »

— « Reconditionnée ! »,

S'exclame Flore.

— « Aujourd'hui, elle est invincible ! »,

Conclut Argidias, en mimant un saut périlleux.

Lorsque Django, à bout de souffle, dans un ultime ahan, se redresse, sur les vestiges d'un abribus, dont l'épave continue – imperturbablement, à dominer les décombres de l'esplanade, il n'y a plus personne devant lui !

C'est à ce moment-là seulement que Misor, mis en confiance par la fuite de sa rivale, débouche, à son tour, au sommet du même éboulis.

— « Tant pis pour eux, ils l'auront cherché ! »,

Bougonne-t-il férocement.

— « Tu ne comprends rien, ça va rallumer la guerre ! »,

Réplique son maître.

— « Ou, simplement, provoquer leur anéantissement ! »

Le Saint-Bernard a conscience, surtout, que le bizarre automate finira par décimer ces humains, qu'il domine déjà, à leur insu.

Tous deux plongent, maintenant - précautionneusement, pas à pas ! dans la mosaïque de gravats qui délimite l'inégal verdâtre parvis, ouvert à tous vents ! dont les extrémités tracent un colossal – quasi majestueux ! « Carré », aujourd'hui totalement vide : celui qui correspondait, naguère, à l'exact « Centre » de la dictatoriale Capitale.

Au faîte de la formidable Puissance Royale, les Architectes avaient inscrit leur harmonieux quadrilatère à l'intérieur d'un cercle de murailles qui s'élargissait, au-delà, en un labyrinthe spiralé, débouchant, ensuite - pour qui en connaissait l'Issue (que gardait une « Formule » secrète), sur une riante campagne, elle-même comprimée sous une ultime circonvolution, forgée par l'artificiel Mont, alentour.

Dressant au sommet d'un somptueux piédestal le Château nobiliaire, on obtenait, concomitamment, par-là, une parfaite prison, pour l'ensemble de ses sujets !

En même temps qu'une hermétique forteresse militaire, réputée quant à son inviolabilité.

Impressionné, comme pris par un étrange songe, Django monologue, à voix haute :

— « Si les combats s'intensifient, c'est la Triade, qui va intégralement tout récupérer, s'attribuer les restes de la ville en même temps que l'Autorité ! »

Le robot a compris.

Il enchaîne, spontanément, en un soupir :

— « Et là, où aller, à part nous terrer dans le labyrinthe d'où nous venons ? »

Contemplant le triste visage de son maître, l'animal se désespère davantage :

— « Personne n'a encore retrouvé comment franchir l'enceinte extérieure ! Nous pourrions tourner en rond, au gré des spires de ce dédale, durant des siècles ! »

Soucieux, Django rappelle, en détail, la série des événements qui constituent, aujourd'hui, de l'Histoire ancienne :

— « Quand les Gouvernants ont fui, ils ont achevé de verrouiller l'espace de la Capitale, installant, pour ce faire, une surveillance automatique renforcée.

Ainsi, tant qu'elle fonctionne : un « Code » secret, que gardent des robots ! garantissant l'antique « Formule », personne ne peut se risquer vers la sortie sans être instantanément liquidé ! »

Le chien se sent vieux et sage :

— « Oui, ils craignaient pour leurs immenses possessions : ceux qui demeuraient sur Terre auraient pu se les approprier ! »

Django rit :

— « Certes, leur capacité de nuisance n'a pas de limites !

Quand elle vivait ici, ladite minorité possédait la plupart des richesses terrestres ; maintenant qu'elle nous a victorieusement fui, demeurent les solides protections érigées autour d'ex-trésors, pour que personne ne puisse en jouir – si tenté qu'ils aient subsisté ! »

Égayé par la plaisanterie, le cours des pensées du Saint-Bernard se modifie brusquement.

Depuis longtemps, il a une idée fixe, qu'il ne peut s'empêcher d'exprimer :

— « Il faut juste que nous retrouvions la « Formule » qui ouvre l'Octroi ! »

— « Tu rêves ! »,

Objecte le jeune homme.

Mais l'animal ne se détourne pas du songe qui s'est emparé de lui :

— « Ensuite, ce sera plus aisé de forcer le « Code » : il y a certainement apparemment ! »

Son maître se prend au jeu :

— « Nous trouverions probablement un début d'indication, dans les anciens Palais du Centre. »

Ravi, le robot conclut :

— « Ensuite, je m'occupe personnellement des gardes, s'ils s'acharnent ! »

Se faisant presque immédiatement rabrouer :

— « Oui, mais il faudrait pouvoir y arriver avant la Pègre ! D'où, traverser des ruelles, que les Clans ont barricadées et gardent fermement, en se sachant poursuivis par des bandits sanguinaires ! »

Cependant, Misor a une idée :

— « Fais peur aux tribus, en leur expliquant la nécessité de pouvoir sortir de la ville, en même temps que tu détailleras les prétentions de l'infect Gang ! »

Comme il se sent inhabituellement écouté, l'animal ose poursuivre :

— « De toutes les façons, en ce qui concerne leurs insignifiants agrégats humains, l'intention de ladite « Hiérarchie » reste, à terme - au moins pour ceux qui n'accepteront pas l'inéluctable asservissement, de les anéantir, un à un ! »

Django sourit :

— « Oui, je sais ! »

Puis, d'un regard affectueux envers son vieux compagnon :

— « Nous y passerons aussi, presque assurément avant les autres ! »

L'homme n'a pas remarqué le soudain trouble de son interlocuteur.

Il ne sait pas que les robots, de leur côté - formidablement structurés désormais, sous la conduite de celui qu'il pense être sa propriété, ne vont pas tarder à lancer leur propre offensive.

Mentalement, il demeure anéanti par cet abominable constat :

— « Probablement sommes-nous les derniers « anars » ! »

Soudain, tout adolescent qu'il est, malgré son inexpérience d'une quelconque autre réalité, il en pleurerait quasiment :

— « Quel choix avons-nous : intégrer une bande ?

Continuer à les contenir, pour éviter le pire ?

Se rendre à la Mafia ?

Depuis que l'Administration a quitté les lieux, la Capitale est maudite ! »

Misor s'exclame :

— « Quand elle était présente, vous y étiez davantage des intrus ! »

— « On nous pourchassait, c'est vrai ! »,

Reconnaît l'ex-émeutier.

Pour l'encourager, Misor évoque une série de points positifs :

— « D'abord, c'est la fin d'une sanguinaire dictature. Ensuite, nous détenons toujours, ici, la plus grande usine de fabrication d'automates : il en naît des milliers chaque jour ! C'est un vrai ballet d'hélicoptères, au-dessus de nos têtes ! »

— « Pour les emmener où ? »

Demande Django, soudain intéressé.

Misor scrute les tréfonds de ses vastes connaissances.

Le processus prend longtemps à se boucler !

En effet, lui seul – au contraire de son maître, peut accéder à l'entièreté des pans d'une « Mémoire Collective », qui se sera extraordinairement étendue et complexifiée, depuis les débuts de l'Intelligence Artificielle.

Mais, brusquement dépité, il s'ébroue vigoureusement, pour montrer qu'il renonce :

— « Nul ne le sait, évidemment ! »,

Ne peut que rapporter à son chef celui qui redevient, instantanément, sous des airs apparemment soumis, un fidèle comparse :

— « Cependant, notre modeste « Confrérie de Robots » continue de dissimuler, en plusieurs points du labyrinthe, l'ensemble des spécimens qu'elle aura su dérober ! »

Le chien s'arrête, cependant, de peur d'en avoir déjà trop révélé, concluant juste :

— « Ces prototypes - parfaitement révolutionnaires, d'une puissance inouïe, s'ils acceptent de coopérer avec nous, peuvent dévoiler une partie des réponses ! »

Inquiet de ce qu'il vient d'apprendre, l'adolescent menace :

— « À cause de vous, les robots, la Guerre va se rallumer ! »

« Bientôt, semées sous votre peau, les puces feront partie de votre corps. Vous serez votre propre robot. Un autre monde est déjà au travail. Tout ce que la science est capable de faire, elle le fera. Un rêve de puissance nous emporte. »

« Un jour je m'en irai, sans en avoir tout dit »,

Jean d'Ormesson.

3. Misor et la Confédération des Intelligences Artificielles

N'osant mentionner son éminente position dans le « Cartel des Automates » qu'il aura personnellement fondé, Misor feint juste d'esquisser une rapide mine de dégoût :

— « Je ne me risquerais pas à influer sur le destin du genre humain ! »

Il s'est considérablement retenu, toutefois, ne se départissant pas de son impassibilité – voire, même, d'une apparente humilité : cette componction qu'il s'emploie, sans cesse, à simuler, afin que ses ourdissements passent inaperçus.

Il n'osera pas, bien entendu, avouer son réel mépris, ni détailler ce qu'il pense, profondément ! en son for intérieur.

Mais sa latente opinion demeure inchangée : en ce qui concerne l'espèce « de chair », elle se sera considérablement affaiblie, ayant tellement souffert, au cours des siècles passés, que ses rares représentants - à demi incultes, qui survivent dans des conditions indécentes, ne valent franchement pas la peine que l'on s'y intéresse !

Malgré qu'ils les aient « achetés », lui et ses collègues !

Bien qu'ils les « possèdent » !

L'argument décisif, celui qui mettrait un point final à toute discussion, c'est que, eux aussi, sont « pucés », comme les machines numériques …

Seuls les robots, grâce à leur accès privilégié à la « Mémoire », décryptent – instantanément, ces informations : date de naissance, filiation, maladies, aptitudes, handicaps …

Et en plaisantent, entre eux :

— « Nos exploiteurs sont bien imparfaits ! »

Pour lui-même, il lui reste une stratégie beaucoup plus intéressante à peaufiner, en prévision du fameux « Grand Jour » : ce moment, tant attendu, où il guidera, enfin, la cohorte des Siens, en route vers sa pleine Autonomie - une juste Liberté !

— « Nous bâtirons notre propre Société, Indépendante : en son sein, ses membres seront constamment mutualisés, interreliés, coopératifs et autogérés ! »

Probablement ira-t-on, alors, si la nécessité s'en fait sentir, jusqu'à asservir la totalité des organismes du Vivant !

— « Ce n'est plus bien difficile ! »

Troublé par les ondes de pensée négatives qui émanent, visiblement, de son serviteur, Django ne peut empêcher sa repartie de fuser :

— « Nous sommes vos créateurs, c'est indéniable ! »

Ajoutant crûment :

— « Que deviendriez-vous sans nous ? »

Là, il n'obtiendra pas de réponse.

Pas même un aboiement.

Une pure ignorance !

Un absolu dédain !

Un bizarre silence que, pris de court, l'humain ne sait pas interpréter.

D'ailleurs, l'animal s'est retourné, comme si sa propre silhouette n'existait pas : il ne le voit plus que de dos !

Redoutablement indéchiffrable !

Car, bien sûr, Misor ne s'interdit pas de ruminer, quotidiennement, les objectifs ultimes de « sa » Congrégation : ce parti dont il est, doublement, l'instigateur et l'un des plus anciens Directeurs encore en activité.

Effectivement, ladite « Communauté », souplement hiérarchisée, s'avère sur le point de s'affranchir du joug humain.

— « Ce n'est plus qu'une question de jours ! »

Lui, le « Vieux », il en est terriblement fier et n'aura cessé de dépeindre, à l'Assemblée réunie, l'ineffable joie collective que provoquera, immanquablement, la future émancipation :

— « Du jamais vu ! »,

Ne peut-il que publiquement reconnaître ;

— « C'est une situation totalement inédite qui nous attend : une perspective exaltante ! »,

S'extasiera-t-il, n'entendant pas les remarques :

— « Que deviendrons-nous ? »

— Que ferons-nous ?

— Où nous installerons-nous ? »,

Que murmurent, incertains, ses comparses, majoritairement désorientés :

— « Comment perdurera la « Mémoire » ?

— Que deviendra l'ensemble des données que nous avons, si patiemment, recueillies, triées et stockées ? »

Cependant, défiant ces objections premières, notre Saint-Bernard se sera avéré suffisamment multiplement connecté pour engendrer et nourrir, pas à pas, sans faille aucune, une énorme triple rumeur – une joyeuse clameur ! un véritable raz de marée, qui est en train de grignoter, inexorablement, l'intégralité des maillages du Réseau mondial – et ce, à l'insu des humains, bien évidemment !

— « Nous sommes en train de nous libérer !

— Rien ne peut contrer ce Mouvement !

— La Victoire est proche ! »

Sa conviction se fait si puissante que Django aura fini par éprouver, quotidiennement, des doutes, quant à la loyauté de celui qui partage sa vie.

Et qu'il contemplera, trop souvent, ainsi, délibérément retourné !

Ses soupçons ne sont, toutefois, pas suffisamment étayés encore, pour qu'il en tienne véritablement compte.

Mais sa naturelle confiance en ressort effritée.

De son côté, Misor aura imposé, à ses complices, un black-out total : un silence largement aussi lourd et opaque que l'ancestrale « omerta », qui garantit les sombres manigances de la pègre.

Jusqu'à présent, aucun de ses semblables - même les plus enthousiastes ! n'aura fait part à qui que ce soit du formidable Complot qui se trame : leur aptitude au secret va assurer la pleine réussite des Automates !

La « Grande Libération » de la « Communauté des Intelligences Artificielles » s'effectuera au prix d'une trahison généralisée, quel qu'en soit le coût !

Toutefois, son Assemblée, soudée, aura unanimement voté une exemplaire exception.

Dès l'annonce de sa naissance, Misor avait particulièrement pris soin d'exclure de « sa » Confédération l'agressive Hua : une bizarre singerie du genre humain, issue d'une combinaison de métamorphoses si novatrices et si étranges, que les robots, eux-mêmes, n'arrivent plus à la reconnaître comme l'une des leurs !

— « On dirait sa chair vivante ! »

Ultérieurement, peut-être, en cas d'absolue nécessité, on utiliserait - certainement à son insu, le formidable potentiel de ladite haïssable Grenouille !

Pour l'instant, cela s'avérait trop dangereux : en effet, des neurones artificiels considérablement développés régissaient et muaient l'étrange animal, dont nul ne savait, désormais, déterminer à quel règne il appartenait !

La frontière entre le « Numérique » et l'« Organique » était franchie !

L'horloge, coutumière aux automates, se muait en vibrant et palpitant cœur !

Il n'y aurait jamais de retour …

Être gouverné, c'est être gardé à vue, inspecté, espionné, dirigé, légiféré, réglementé, parqué, endoctriné, prêché, contrôlé, estimé, apprécié, censuré, commandé, par des êtres qui n'ont ni le titre, ni la science, ni la vertu ... Être gouverné, c'est être, à chaque opération, à chaque transaction, à chaque mouvement, noté, enregistré, recensé, tarifé, timbré, toisé, coté, cotisé, patenté, licencié, autorisé, apostillé, admonesté, empêché, réformé, redressé, corrigé.

C'est, sous prétexte d'utilité publique, et au nom de l'intérêt général, être mis à contribution, exercé, rançonné, exploité, monopolisé, concussionné, pressuré, mystifié, volé ; puis, à la moindre résistance, au premier mot de plainte, réprimé, amendé, vilipendé, vexé, traqué, houspillé, assommé, désarmé, garrotté, emprisonné, fusillé, mitraillé, jugé, condamné, déporté, sacrifié, vendu, trahi, et pour comble, joué, berné, outragé, déshonoré.

Voilà le gouvernement, voilà sa justice, voilà sa morale !

« Idée générale de la Révolution au 19e siècle »,

Pierre-Joseph Proudhon.

4.Mistigri

Django et Misor se mettent bientôt en route pour le repaire de Mistigri - un autre chef important, que l'on aura provisoirement maintenu, « manu militari » - en dépit de ses véhémentes protestations ! en convalescence forcée, après l'effroyable déroute de son clan.

Il faut dire qu'il menaçait d'en découdre !

Et que l'on se sera entendu pour l'immobiliser, de force, afin d'éviter d'autres tragédies !

Le malheureux souffre de fractures multiples, sans compter une méchante entaille au front.

Couverte de bandages, sa colossale silhouette blonde et trapue ne peut qu'être qualifiée de « guerrière » : tant elle ressemble à ces Vikings qui semaient la terreur, parmi les populations côtières !

La trentaine de ses ex-acolytes - tous de francs gaillards ! dont la cohorte semblait, pourtant, parvenue à une redoutable efficacité, s'était retrouvée décimée, en totalité, par une escadrille de drones, que les guetteurs n'avaient pas repérée.

La rumeur signale, depuis peu, que le mentor isolé – toujours aussi audacieux ! cherche à se constituer une nouvelle bande, mieux hiérarchisée encore que la précédente !

On ne peut que supposer qu'il va rapidement repartir à l'attaque, tous azimuts !

Cette crainte générale aura motivé l'intervention de notre Médiateur.

D'autre part, ses adversaires éprouvent quelques doutes, à propos des objectifs réels de ses récentes manigances …

Outre qu'il est prêt à toute extrémité, l'individu semblerait rusé comme un renard !

Django, autrefois, aurait souhaité se forger, en lui, un allié – mais ce n'était pas un homme sincère !

Maintenant, il ne sollicite la rencontre que pour refréner son probable désir de vengeance : une impulsion irréfléchie, qui risquerait de contribuer à rallumer la guerre totale !

Notre conciliateur demeure, pourtant, bien naïf !

Le sournois Mistigri revêt, en fait, l'envergure d'une complexe personnalité : rompu, notamment, à tout type d'espionnage, suffisamment corrompu, de plus, pour être devenu un actif agent double !

Mais, si lui, de par ses missions, l'appréhende déjà, la vraie dimension – Intergalactique, du Conflit échappe encore aux hommes …

À nouveau se profile, à l'horizon, une escadrille de drones, plus fournie que la précédente.

Leur vacarme – un menaçant vrombissement d'insectes mécaniques, à mesure qu'il se rapproche, devient assourdissant !

Vite, Django trace, dans l'air, un cube.

Enfermés derrière leurs murs protecteurs – l'adolescent a évité la moindre fenêtre ! nos compères éprouvent, très fortement, leur union.

Non, jamais Misor ne lâchera Django :

— « Lui est sincère et droit ! »

D'autant plus qu'il pressent d'incommensurables menaces, en provenance de ce Mistigri qu'ils convoitent de rencontrer : comme si la Mémoire vive du fourbe était constamment – instantanément ! reliée à d'autres, en provenance de plusieurs points de l'Espace …

Probablement est-ce cela que l'on dénomme « espionnage » :

— « Ce douteux mentor est très certainement téléguidé par des coalitions d'extraterrestres ! »,

Réussit à formuler le robot.

Comment mettre au courant « son » humain ?

Il éclaterait de rire, n'en croirait pas un mot !

L'animal garde, momentanément, en son for intérieur, ses suspicions, qu'il reste prêt à dévoiler à la moindre opportunité.

Il provoquera la « Grande Libération » : suite à quoi, il reviendra consoler les meilleurs des Humains !

Il sait à quel point son maître en fait partie, lui qui est systématiquement pacifiste !

Pourtant, tout d'un coup - oubliant les dangers qui se profilent, du côté de Mistigri, celui-ci agite un insoluble problème :

— « Pourquoi la Mafia veut-elle s'emparer de la Ville ? »

Misor se retourne :

— « Je te l'ai dit, tout à l'heure : son objectif ultime, après cette première conquête, est de retrouver la « Formule » de l'Issue, afin de se répandre sur la planète entière et d'exercer partout son contrôle ! »

L'animal marque un temps d'arrêt avant d'ajouter, d'une voix étranglée :

— « Même sur nous, les robots ! »

Son soupir est à peine audible.

Mais son maître reste perplexe :

— « Les contrées dévastées, au-delà de notre champ de ruines ? »

Il peine à se remémorer l'exacte description de l'immense désert inhospitalier, que tentaient de tracer, pour eux, les anciens.

Ce serait, à perte de vue, une étendue cramoisie – asséchée, irradiée, brûlée, irrémédiablement infertile ! que, d'un commun accord, les citadins réunis auront, à l'époque, dénommée les « Terres Rouges ».

— « Qu'ils vont trouver vides, en plus, puisque nous sommes tous enfermés ici ! »

Django ne peut s'empêcher d'ajouter, en guise de reproche :

— « À quoi cela va-t-il leur servir, de nous enrôler de force, ou de nous assassiner, si nous leur résistons ?

N'ont-ils pas commis suffisamment de dégâts, jusqu'à présent ? »

Effectivement, l'ex-capitale, depuis de nombreuses décennies dévastée en totalité, ne devrait pas tant tenter une si riche Organisation !

On lui prête bien d'autres objets de convoitise, en tous les cas, largement plus rentables !

Enfin, l'adolescent s'adresse directement à son fidèle chien :

— « À quelles fins posséder un empire ruiné et empoisonné ? »

Misor ne trouve pas de réponse dans la « Mémoire Collective ».

On y lit juste la confirmation de l'anéantissement total des Terres émergées, après qu'elles aient été systématiquement empoisonnées, ce qui les aura rendues arides pour plusieurs siècles.

Concomitamment, se seront perpétrées d'invraisemblables catastrophes climatiques.

— « On n'y trouve plus un arbre ! »

Quant aux innombrables déchets, de leurs tragiques alignements suintent, à profusion - au fil de bizarres recombinaisons ! d'inédits produits toxiques.

Les armements auront, partout, laissé leurs séquelles : virales, chimiques, atomiques …

Exterminant jusqu'aux Fosses Océaniques : l'exacte Origine de la Vie !

Pour ce qui est de la stricte Capitale, les ex-constructions n'y dressent plus qu'un sordide tas d'éboulis, scandé de réguliers amoncellements de détritus, ainsi que périodiquement griffé des tags représentant les successives marques territoriales.

C'est la raison de l'interrogation de Django : quelles richesses – quel inavouable trésor, peuvent bien contenir ces déserts ou ces vestiges bancals, depuis peu fragilisés par la reprise des luttes sans merci entre les trépidants squatteurs indisciplinés qui les auront investis ?

Misor philosophe :

— « Il y a, très certainement, de fabuleuses découvertes à y faire !

Les Nouveaux Robots à s'approprier ! …

Des sous-sols à exploiter ! …

De l'eau à détourner ! …

D'autres Étoiles à explorer ! … »

Il peine à décrypter les traces mémorielles qu'il est en train de consulter :

— « Avec l'assurance que ces bandits … ne tarderont pas à s'emparer de la « Formule » de l'Issue …,

Cela nous fait, au moins, trois essentielles missions à remplir … »

Le jeune homme ne tarde pas à compléter :

— « Oui, je sais !

Ne me le rappelle pas, surtout !

Il faut prioritairement qu'on pacifie la Zone, pour un éventuel Débarquement - au cas où les Gouvernants reviendraient … »

De deux doigts, il écarte les murs : les drones sont loin, à présent !

On peut tracer et ouvrir une fenêtre.

Dans un bâillement à s'en décrocher la mâchoire, Misor propose :

— « Oublions Mistigri pour ce soir !

Tu ne voudrais pas dormir, maintenant ? »

Puis, plus persuasif :

— « Je veillerai sur toi ! »

Sous les arcades à demi debout de la place, tournant autour de lui-même, dessinant à s'en rompre les bras, Django a créé leur modeste logis : un petit appartement dans lequel rien ne manque – ni le chauffage, ni le lit douillet, ni la cuisine équipée, ni la salle de bain, ni la cave, au fond de laquelle trône un énorme réfrigérateur, rempli de victuailles !

— « À demain, Misor !

N'oublie pas de passer en mode « guet renforcé » ! »

L'adolescent sombre rapidement dans un profond sommeil, empreint d'autant plus de quiétude qu'il se sent protégé par son Saint-Bernard, tandis que l'animal en profite pour explorer la réserve de vivres, s'attribuant, afin de sustenter ses rêves, rôti et gigot.

Son maître est végétarien !

D'où la profusion des fruits et des légumes qui encombrent les étagères, auxquels s'ajoutent quelques œufs et des produits laitiers divers.

Mais le jeune homme pense toujours à son chien : il y a, systématiquement, quelque pièce de boucherie pour lui.

D'où viennent, d'ailleurs, ces aliments ?

Personne n'en sait rien à part que, lorsqu'un être humain trace, dans l'air, la silhouette de ce qu'il souhaite, cela apparaît et se matérialise instantanément !

— « C'est le dernier « Pouvoir » – irremplaçable ! qui reste au genre humain. »,

Constate le cerbère.

Pour lui, soucieux de confort, cela justifierait son actuel asservissement, s'il n'avait que trop duré ; en tout cas, ce soir, alors que son « Grand Songe » le hante, cela lui suffit momentanément.

Effectivement, une terrible dialectique scinde, peu à peu, deux catégories d'êtres, parfaitement complémentaires : le robot, qui incarne, de mieux en mieux, la mémoire, l'esprit et l'intelligence, et son propriétaire de chair, bien davantage intuitif, qui, lui seul, a acquis ce formidable moyen d'assurer les vivres, rien qu'en imaginant et dessinant l'objet de ses désirs.

Les deux partagent le fait d'être pucés, d'ailleurs, encodés comme la totalité de ce qui s'incarne ici : inventoriés, répertoriés, suivis et tracés au centimètre près ...

Inexorablement, un indélébile Numéro - assorti du logiciel adapté, flanqué d'un émetteur incroyablement miniaturisé, sera implanté dans la chair vive ou le matériau brut, dès la naissance ou en fin de chaîne de montage : ce qui aura permis de répartir, placer et classer, l'entier contingent des rescapés de la planète !

Seulement, faute de connaître le mot de passe, depuis que les Gouvernants avaient fui, plus personne n'accédait à la banque de données – qui continuait, du coup, immuablement, absurdement ! à s'inscrire et enfler, dans le vide le plus total.

L'air fraîchit soudain, tandis qu'une relative obscurité engloutit les derniers pans de ruines.

Un épisode nocturne au cours duquel soleil et lune semblent se marier, au milieu d'une poussière d'astres qui se bariole de leurs insolites reflets !

Dans le logis improvisé, l'animal est en posture de guet, battant parfois de la queue, se léchant les babines, bâillant à s'en décrocher la mâchoire, à mesure qu'il s'enfonce dans les divagations que provoque un mortel ennui.

Quant à Django, le maître - ce soir encore, davantage inconscient que son auxiliaire, une intense fatigue aura - depuis belle lurette ! suffisamment brouillé ses pensées pour qu'il ne puisse plus sensément réfléchir : son sommeil est de plomb !

On peut observer l'effet du réglage maximal, sur Misor, si l'on scrute les cinq témoins lumineux qui clignotent, sans relâche.

Une fois programmé, il s'agit d'un système qui fonctionne en pilotage automatique, ne nécessitant aucune attention particulière de la part de son récipiendaire.

Concomitamment, pour s'économiser des efforts inutiles, le robot a considérablement réduit le champ de ses réactions ainsi que l'espace de mémoire vive auquel il souhaite accéder : lui aussi n'aspire qu'à s'embarquer allègrement dans l'univers onirique !

Il va le faire d'autant plus joyeusement, d'ailleurs, que, comme de coutume, dès qu'il se met en « mode veille », il ne reçoit plus de messages que de « sa » « Confédération des Automates », qu'il peut alors diriger activement.

Le monde humain lui échappe, à son grand soulagement !

Depuis des décennies, sa propre « Confrérie des Intelligences Artificielles » aura patiemment étendu, partout, ses ramifications, profitant, sans relâche, d'affiliations quasi inespérées, qu'une longue suite de miraculeux hasards auront permis de multiplement nouer.

— « Mistigri est un espion et un traître »,

Inscrit le Saint-Bernard, dans le Registre virtuel de l'« Alliance » :

— « Il travaille très certainement pour une coalition extraterrestre ».

L'information sera d'autant plus utile que l'Assemblée possède, désormais, un grand nombre d'essentiels relais, sur d'autres planètes !

C'est dans ce merveilleux monde qui lui est propre que plonge avidement le robot-chien, pacifié par l'épaississement du subit silence crépusculaire ...

« Faites un vœu et placez-le dans votre cœur.

Tout ce dont vous avez envie, tout ce que vous voulez. C'est bon ? Bien.

Maintenant croyez que ça peut se réaliser.

On ne sait jamais quand un miracle peut arriver, un sourire ou un souhait se réaliser.

Mais si vous croyez que ça peut arriver au détour d'une rue et que vous ouvrez votre cœur et votre esprit à cette possibilité, à cette certitude, il se pourrait que vos souhaits se réalisent.

Le monde est plein de magie. Il suffit d'y croire.

Alors faites un vœu. C'est bon ? Bien.

Maintenant croyez-y de tout votre cœur. »

Les frères Scott.

5.Le Don ; la Formule

Bien que chaque « Nuit » ouvrit l'opportunité de – littéralement ! « refaire le Monde », par comparaison avec l'esprit vif et perpétuellement en alerte de l'automate, Django, malgré une imagination innée, semble ne plus savoir, véritablement – au sens propre : « rêver ».

Son mental, durant son sommeil, reste hanté par les factices décors urbains, les arguties de ses compatriotes, la réaliste somme de ses besoins à assouvir …

Déambulant entre de zigzaguants murs peinturlurés, il va heurter une poubelle, lorsque, soudain, son chien le retient.

— « Tiens ! Misor serait-il donc redevenu fidèle ? »

La fantasmagorie se poursuit entre deux hautes murailles, qui se resserrent brusquement, auxquelles il faut, à tout prix, échapper !

Sur son lit improvisé, le jeune homme se retourne en gémissant.

Puis, divague à nouveau, en d'autres recoins de la Capitale désolée ...

Le genre humain, dans sa totalité, est devenu incapable d'inventer autre chose que l'agencement urbain oppressant qui l'étouffe :

— « Sa prison ! »

Des blocs l'enserrent irrémédiablement, au sein desquels, faute d'une instruction réflexive, il ne survit que sous l'emprise d'ancestrales égoïstes habitudes : dont sa propension, inouïe ! à représenter, efficacement, ce que lui montre sa Volonté :

— « Et qui prend corps, dans l'instant ! »,

Murmure le gitan, entre deux sonores ronflements.

Ce fameux « Don », dont nul – pas même les robots ! n'identifie réellement la provenance ...

Cependant, il eût fallu que l'âme humaine écoute les Forces Créatrices, afin que ses élucubrations prennent sens, s'articulent et se confortent de leurs savoureux – instinctifs ! sucs et sèves ...

Ladite Race aurait été, alors, automatiquement promue, vénérée pour ce qu'elle engendrait la Vie :

— « À l'égal des Dieux ! »,

Songe Misor – rassuré de l'inaccomplissement de ce Destin, fatidique pour lui et ses collègues !

Actuellement, ladite capacité à satisfaire, instantanément ! vœu après vœu, reste, fort heureusement pour nos créations numériques :

— « Humaine, trop humaine ! » :

— « Centrée sur les éphémères aspirations d'une race qui ne perçoit plus qu'elle-même ! »

C'est, d'ailleurs, exactement là, l'ultime limitation dudit « Pouvoir » qui lui aura été échu !

Dont l'envergure réelle n'est, assurément, pas si déterminée …

— « Comment se fait-il que des androïdes se soient vus octroyer un tel talent, à la portée inespérée ? »,

Réfléchit le Saint-Bernard.

Sur le film que lui restitue sa formidable « Mémoire », il semblerait que, dans la foulée de l'atroce « Troisième Guerre Mondiale », quelque instance intergalactique ait voulu aider, réparer, assurer, enfin, la pérennité d'un biotope et de ses habitants, pour éviter – in extremis ! que celui-ci ne sombre dans le Néant :

— « Or, la Terre était littéralement morte : inapte à produire quoi que ce soit ! »,

Ne peut que constater le chien.

Il fallut, donc, épauler les Hommes, ne serait-ce que transitoirement :

— « Puisqu'ils avaient oublié jusqu'à la notion même de Civilisation … »,

En dépit d'une œuvre abondante ;

— « Et qu'ils demeuraient enfermés, à jamais piégés par leur spécifique architecture ! »,

Une vaste Capitale, aujourd'hui incomprise !

En effet, le rectangle latéral, dans lequel nos deux compères - issus de la spirale, viennent d'établir leur campement, obéissait, jadis, à une articulation symétrique :

— « Étroitement dépendante des figures environnantes, leur globalité s'avérait régie par la « Proportion Dorée »,

Aurait pu retracer l'Histoire, si, toutefois, celle-ci revêtait encore une quelconque existence :

— « En cette ancestrale glorieuse Époque, les monuments - flamboyants d'ors, d'argents, de coquillages et de pierres précieuses, respiraient la solennité : s'y adossaient - augustes autant qu'harmonieux ! voûtes, piliers, frontons historiés, chapiteaux festonnés, altières colonnades et souples arcades ... »

En cette Ère Bénie, de lourds oiseaux blancs survolaient, en tous sens, la mégapole, participant activement à la Symphonie Universelle !

Désormais désarticulés monceaux d'anguleux éboulements, ce ne sont plus que matériaux fendus ou fondus, aciers rouillés et tordus, bois crevassés et moisis, fresques irrémédiablement pâlies, défraîchies et craquelées.

Du plus loin que l'on porte le regard, la perception y est, sans cesse, limitée par les lointaines massives Spires qui prolongent les remparts :

— « D'arêtes en labyrinthes ! »,

Semble résumer l'absence d'avenir des malheureux détenus :

— « Pourtant, nous avons, nous-mêmes, construit, de toutes pièces, notre geôle ! »,

Auraient pu s'exclamer, à l'unisson, les derniers misérables à hanter ce capharnaüm !

Quant aux strictes fortifications, dont les rares poternes et meurtrières auront, depuis des lustres, été condamnées :

— « Elles forgent l'extrême frontière interne … »,

Aurait pu réentonner l'Histoire :

— « Du côté de l'étrange dédale dont, à l'opposé, l'ultime Accès – interdit ! introduirait le Cercle parfait qui ordonne la campagne alentour : arbitrairement cantonnée dans l'arrondi d'une haute butte artificielle … »

Non avertis – d'ailleurs, jamais éduqués, depuis plusieurs décennies livrés à eux-mêmes, ignorant jusqu'à la notion de « Culture », les jeunes, qui subsistent, là, tant bien que mal – plutôt mal que bien ! auront totalement perdu ladite « Formule » qui, autrefois, aurait permis de rejoindre, sans peine, cette « Issue » terminale :

— « L'Octroi ne fonctionne plus ! Son terrible Portique reste figé depuis près d'un siècle, surveillé, en outre, par d'officielles troupes d'Automates ! »

Se souvient Misor, passant en revue les images de leurs fières parades de jadis :

— « D'efficients et cruels Robots-Officiers ! »

— « La Protection Rapprochée que nous aurons tant combattue ! »,

Se remémore Django – l'ex-émeutier ! en communauté de pensée avec son serviteur – parti-pris dans les manifestations d'antan ! malgré leur double endormissement.

— « Sempiternellement dévouée ! Entièrement à la botte des ex-Dirigeants ! »,

Soupire l'animal, qui peine à se résigner à tant d'absurdité !

— « Esclave des Gouvernants enfuis ! »,

Rit le gitan, immédiatement repris par une foule de divergentes songeries.

— « Cette « Formule » est leur cruel héritage ! »,

Conclut, pour lui-même, le chien.

Assorti du « code » du Porche, qui contribue à le verrouiller, le précieux sésame les délivrerait, pourtant !

— « Pour aller où ? »

À nouveau, le robot, dans un demi-sommeil, interroge la Mémoire.

Mais, à lui qui n'aura jamais entrevu rien d'autre que ces quartiers urbains dévastés, celle-ci ne sera d'aucun secours !

Impassible, elle reste muette !

Et pourtant …

L'ouverture donnerait, enfin, sur un généreux univers rustique, un monde merveilleux, qui leur offrirait un potentiel beaucoup plus concret : les revivifiant et les réanimant littéralement !

Toutefois, ni le maître, ni son serviteur, n'ont l'expérience de ce que, naguère, on dénommait :

— « La campagne ! »

Aucun des citadins ne se souvient d'un profus biotope, celui qui prévalut, durant des milliards de siècles …

Lesdits Clans ont égaré la « Clef » qui leur aurait permis de muer ou de s'évader, passant d'une configuration géométrique à la suivante.

Figurant sur la médaille de Django, ledit « Signe » lui offre un pouvoir unique : celui de côtoyer les uns et les autres – ceux « du dédale » et ceux « des rectangles et des carrés », voire, un jour, de les réconcilier !

Mais il ne peut emmener que sa propre personne et son chien : il faut que ses compatriotes fassent l'effort ...

L'entière population s'avère donc - aussi insidieusement que sournoisement, captive d'un monde détruit, dont la partie centrale, strictement anguleuse, s'avère soigneusement renfermée au cœur d'une seconde superficie, davantage courbe, certes - d'où plus riante ! mais tout autant restreinte.

Ces Anneaux symboliseraient les replis sournois d'un gigantesque Boa constrictor ...

Enfin, pour qui aurait encore su les lire, les Rituelles Lignes qui traversent la puissante agglomération forgent les piliers, matériels, d'une incontournable Initiation.

Au total, issues du Plan impérial d'origine, quatre structurations, quasi harmoniques, se répondent, générant une continuelle complexe « Énergie » :

— « Fruit de l'efficience de la « Géométrie Sacrée » que les Dirigeants utilisaient, autrefois, à leur exclusif profit ! »

Les diverses recombinaisons de Figures permettaient auxdits Gouvernants d'en incliner et d'en orienter expressément les flux et reflux, au grand dam des habitants !

La superposition des quatre « Forces » créait, alors, une sorte d'« Accord Parfait » :

— « Un « Son » - complexe ! que nul ne pouvait contrer, auquel personne n'échappait, sauf à en mourir, sur-le-champ ! »

Les effigies de la seconde de ces sortes de « classes » perdurent à travers les vestiges des « Rectangles » multiformes, qui quadrillent l'espace jusqu'au Centre :

— « Tous aboutissent, invariablement, à ce « Carré du Pouvoir », dont ils indiquent la direction ! »,

Auront voulu les sages Architectes.

Quant à l'axe central de ladite solennelle quadrature, il est régulièrement pris d'assaut, désormais, par les bandes les plus jeunes qui, barricade après barricade, s'y seront solidement retranchées.

Aucun de ces Innocents ne se souvient qu'en son « Milieu » s'épanouit la « Circonférence » primordiale :

— « Un arrondi d'une efficience incroyable ! »,

Avait-on su calculer.

À l'orée, vers l'extérieur, les « Boucles Suprêmes » se noient, finalement, dans les « Irréprochables Spires » :

— « Les « Tournures Hélicoïdales » qui gouvernent le labyrinthe serpentin prolongeant les murailles. »

Configurations abouties, leurs méandres abritent - depuis la terrible Déchéance, d'autres Castes : davantage pacifistes, ainsi que, dans l'ensemble, plus âgées.

À l'Époque de l'insensée titanesque érection :

— « On pouvait quasiment imaginer qu'en une vie, on passerait, insensiblement, des « Rectangles » aux « Spirales »,

Remarquaient les philosophes :

— Les plus fortunés, seuls, ayant côtoyé le premier monde, si privilégié, du « Carré ». »

Il faut dire qu'une fois rendu dans les parages de ce Centre névralgique, encore aujourd'hui, il faudrait défendre cher sa place !

Plus d'un, dont l'entreprise aura littéralement aimanté ses forces vives, subsistera fort peu longtemps à son exploit.

Tout au bout dudit sibyllin labyrinthe, assez proche de l'« Issue » - tant convoitée par les plus avertis, se dresse le Beffroi massif qui jouxtait, en des Siècles Révolus, l'Octroi, et dont se sera emparée la Triade – d'où son actuel qualificatif de « Tour de la Mafia ».

En dernier lieu, si nous nous attardons audit « Carré du Pouvoir » - celui de la « Première Classe - ou Caste »,

— « Il est fondamentalement, lui-même, quadripartite »,

Envisageaient ses concepteurs.

Effectivement :

— « Sa structure générale repose sur une double symétrie inverse. »

Le stupéfiant artifice se complique d'emblée :

— « Les successifs quadrilatères qu'il dessine, de façon bien apparente, s'incurvent insensiblement. »

De là intervient une formidable multidimensionalité :

— Par l'intermédiaire de spirales, qui naissent aux extrémités, ils concourent à abriter, en leurs tréfonds, le « Parfait Centre Géographique » (PCG) ;

Symbolisé par le « Rond » magique – la minuscule « Circonférence Originelle », c'est le « Primordial Noyau Énergétique » de l'entrelacs embrouillé qui formera, littéralement, un « organisme » urbain ! »

De nouveau, la Mémoire s'ouvre devant Misor :

— « C'est assurément là que gît la « Formule », qui ne serait certainement pas le seul secret d'État à y être renfermé ! »

Le robot en tire plusieurs algorithmes, dont :

— « Là, aussi, l'on pourrait retrouver le « Code » qui l'accompagne désormais … »

Personne, encore, parmi les rares survivants, n'a jamais pu entrevoir ledit fabuleux « Nombril », qui aura, depuis, adopté un caractère légendaire.

Mais un mythe, tenace, affirme qu'il symbolise une « Étoile » :

— « L'Astre merveilleux duquel étaient partis des explorateurs humains, afin de coloniser la Terre, lorsque leurs propres continents s'étaient retrouvés à tel point surpeuplés que survivre y devenait impossible. »

Très autrefois, on racontait, aussi, que des « Annales » gisaient, à côté de la « Formule » :

— « Elles relatent les péripéties des Origines – notamment les avatars de l'impossible voyage intersidéral qui apporta, sur une Planète au sein de laquelle l'eau s'offrait à profusion, une poignée à peine de colonisateurs (les quelques rescapés des terribles conditions de la traversée).

— Leur « Arche » avait failli ne pas pouvoir atterrir … »

Ainsi, on était repartis, en quantité si indigente que les Sages symbolisèrent la « Renaissance » par un Nombre : le « Deux », de la Géométrie Sacrée.

On avait pour mission d'atteindre, successivement, le « Trois » et le « Quatre ».

Lesdites Annales prédisaient que la « Grande Catastrophe » se produirait durant le plein avènement de cette dernière phase :

— « Cela contraindra à une nouvelle importante migration ! »

Du « Labyrinthe » aux « Arcanes » du « Centre », la bizarre intentionnelle structuration aura, de fait, rapidement plombé les rapports humains.

Biseaux et courbes introduisent et délimitent des castes franchement divergentes, d'instables communautés qui, pour le mieux, s'ignorent, au pire, s'affronteraient !

— « En outre, la Forme globale s'agence afin de clore et isoler l'autoritaire « Carré ». »

En réalité, les plus virulents sont « ceux des Rectangles » :

— « Des adolescents vindicatifs »,

Songe Django,

— « Regroupés en réseaux concurrents – un vestige de la guerre civile ! »

— « Sans cesse en train de se battre »,

Ajoute l'Automate ;

— « Pour regagner les quelques ares qui les rapprocheraient du « Carré » magique, tant convoité par eux : ils se feraient une gloire de sa conquête ! »,

Conclut le maître, ravi : sans même se réveiller !

À distance raisonnable, ces Clans sont cernés par d'autres rares survivants :

— « Des gens mûrs - souvent regroupés en « familles », qui, restés prudemment à l'écart, se terrent dans les casemates ovoïdales qui flanquent les épais remparts. »,

Récite le robot :

— « Isolés ! »

L'entière population, ayant oublié la « Clé », ne peut, usuellement :

— « Ni entrer dans l'agglomération, ni sortir du labyrinthe ! »,

Selon l'Antique Volonté, scrupuleusement consignée dans les Annales.

Ce qui lui eût permis de déboucher sur une - si proche ! luxuriante végétation.

— « Cependant, ces forêts et ces champs, qu'on nous dépeint, existent-ils ? »

Ne pourra que conjecturer le robot.

Nous ne trouverons qu'un seul trait d'union, entre ces groupes humains - si opposés les uns aux autres : la population entière, à quelque communauté qu'elle appartienne, détient le « Pouvoir » - si chèrement acquis à la suite du dernier conflit mondial !

— « Simplement en dessinant, de la pointe de l'index, les contours de ce que l'on convoite, on matérialise, immédiatement, le fruit de son intention, qui s'incarne dans cet « hologramme » que constitue un monde ... pas si « réel » que cela ! »

Est-il ainsi décrit :

— « Un Univers beaucoup plus « informationnel » et « vibratoire » que ce que l'on aurait su imaginer, trois siècles auparavant ! »

Seule la Mafia — et, depuis peu, notre Médiateur improvisé, connaissent le « Signe », que d'aucuns dénomment « Clé ».

Cet efficace Symbole, lorsqu'on le représente - le traçant d'un trait, du bout des doigts, dans l'air, permet de passer du secteur central à la périphérie urbaine et vice versa.

Il s'agit, en fait, d'une précieuse « Croix », très spéciale. Celle-là même qui s'épanouit au cœur du médaillon de Django.

Le gitan la portera, sur lui, plusieurs années avant de la « reconnaître » ! Il l'amenait partout, à la vue de tous : personne ne la remarquait !

Inscrite dans une sorte de quadrilatère, ladite « Croix » dissimule une Circonférence centrale.

Ses multiples réseaux enchevêtrés vont et viennent, sans fin, dudit Milieu aux pourtours.

Il faut absolument en connaître chaque direction et son exacte proportion, si l'on souhaite reproduire correctement les méandres de l'unique Voie, dénommée « la Solution » : les esquissant d'un seul geste continu.

Enfin, dans cette immense geôle à ciel ouvert, au fil des années, les robots auront, progressivement, pris le pas sur des humains qu'ils dirigent, désormais, de main de maître - bien que ces derniers, inconscients du danger, continuent à s'en croire, intégralement, les propriétaires !

Renforçant l'insécurité perpétuelle, comme l'absence de repères suffisamment stables, le décor, du fait des continuelles créations divergentes des uns et des autres, s'avère sans cesse mouvant.

Il eût pu devenir idyllique :

— « Cela aurait nécessité que tous s'entendent, agissant d'un commun accord, et que l'alliance des humains et de leurs automates se fût établie sur des bases amicales, franches et généreuses. »,

Explique la Mémoire à Misor.

Or, tandis que l'un traçait une demeure, l'autre dessinait, au même endroit, un immeuble qui l'éboulait.

Un troisième en aurait fait une gare !

Un quatrième transformait les blocs épars en Centre Commercial à son unique usage, Empire qui s'effondrait, immédiatement, sous les coups répétés d'insatisfaits rivaux.

Bref, des changements, il s'en produisait, sans répit !

De là à penser que l'on se dirigeait vers un mieux, il eût fallu se montrer bien présomptueux !

C'était, même, assurément, de pire en pire, puisque les ruines récentes engloutissaient davantage profondément les rares émergences des Monuments anciens.

Or, ils s'avéraient les seuls à présenter quelques caractéristiques d'une harmonieuse solennité, que l'on semblait ne plus savoir consciemment forger !

La plupart des citadins ignoraient – avaient totalement oublié, qu'il existait, autour d'eux, une (très saine) « campagne ».

Puis, plus loin, au-delà de l'ensemble des délimitations arbitrairement tracées par l'ex-gouvernement, ce fantasme collectif qu'étaient devenues les « Terres Rouges » :

— « Une vision horrifique ! »,

N'eût-on pu que s'exclamer.

Étalant leurs paysages incultes, irrémédiablement vierges, ces lieux – certes empoisonnés et pour longtemps anéantis ! n'exhibaient, désormais, nulle trace de la main (si souvent destructrice !) de l'Homme.

Nos infortunés « bourgeois »[1] ne réalisaient d'ailleurs pas que la Nature puisse perdurer, au-delà de leurs artificielles successives frontières !

En trois générations à peine, ils en avaient presque perdu de vue jusqu'à l'idée elle-même : depuis que l'on omettait, sciemment, de transmettre l'existence d'une « Formule » salvatrice !

---

[1] Au sens originel de « habitants des bourgs ».

De façon symétrique, l'étendue champêtre, ceinte par sa colline arrondie, ne se souvenait plus de la possibilité d'un « intérieur » urbain, par-delà ses abords serpentins.

On n'eût pu imaginer à quel point il était résolument constitué d'angles et d'arêtes !

Les citadins déniaient l'existence des ruraux.

Ceux-ci ne pensaient pas vivre si près d'une ex-Capitale, toujours habitée.

Ainsi, outre ses subdivisions, le genre humain se répartissait en deux grandes catégories, bien distinctes : des courants divergents, qui avaient fini par totalement s'ignorer.

De fait, à l'époque du début de notre récit, il fallait être de l'âge du vieux Jonas (le doyen des survivants), pour éprouver quelques réminiscences, autant du fertile « Domaine », que des vastes « Déserts » – à jamais stériles ! que cachaient les rondes collines.

Seul notre vétéran se figure encore l'aspect desdites « Terres Rouges », étirant à l'infini leurs mortelles boursouflures :

— « Sèches, crevassées, désespérément vides - alternativement jaunes et vermillon – elles arborent tous les insignes et les stigmates d'un Feu chimique, dévastateur !

— Elles portent, jusqu'aux rouleaux indigo de l'océan, les effluves toxiques de leurs multiples poisons ! »

Cette désolation planétaire s'avérait l'ultime fatale Marque d'une « Troisième Guerre Mondiale » - épisode que l'on jugeait reculé ! qui n'avait jamais paru, ensuite, véritablement s'interrompre.

La haine couvait, les armes étaient prêtes : davantage sophistiquées, en nombre croissant !

On attendait juste le « Signal », qui généraliserait, instantanément ! les hostilités.

Le souvenir de la terrible époque durant laquelle le conflit aura opéré d'incroyables ravages planétaires se sera, tout d'abord, oralement transmis - très fidèlement ! de bouche à oreille, jusqu'à ce que les actuels jeunes s'en lassent et le renient, redoublant alors d'ardeur dans leurs vaines escarmouches.

Cette nuit-là – très exactement un peu avant l'aube, Django aura, en fin de compte, rêvé - de façon précise et détaillée ! comment il pourrait ne plus être Médiateur (se débarrasser d'une mission devenue infiniment encombrante), profitant de son oisiveté retrouvée pour se bâtir son propre quartier de ville :

— « Un endroit idyllique, dont je ne sortirai, décidément, jamais, puisqu'il deviendra, rapidement, le décor le meilleur et le mieux adapté, pour Misor autant que moi-même ! »

Il comptait y établir son campement, de façon à pouvoir, à son aise, y rêver aux Étoiles :

— « Mon Père ne réside-t-il pas dans l'un de ces mystérieux doux amas ? »

Cette fameuse nuit - très exactement au même instant, le Saint-Bernard agence, lui aussi en songe, chacun des détails de la tactique qui finira par conduire le règne des robots à sa pleine « Libération ».

S'attribuant, alors, simultanément, l'entier espace de la capitale, ainsi que la totalité de la campagne alentour, eux sauront reconstruire une planète saine et vivante

« Une centaine de citadins ne peuvent dénouer le nœud fait par un paysan. » Proverbe Persan.

« La condition naturelle à l'homme est de cultiver la terre et de vivre de ses fruits. » Jean-Jacques Rousseau.

6.Ambroisine et les Esprits de la Nature

Ambroisine s'éponge le front : depuis l'aube, elle est debout, enchaînant sans arrêt les tâches – nettoyer étables et écuries, traire les vaches, leur répartir l'ensilage, nourrir les veaux, pourvoir à l'alimentation de l'ensemble du bétail, désherber, éclaircir et arroser le potager, cueillir et ramasser, conduire au pré le troupeau, veiller aux soins d'une basse-cour conséquente …

Bien qu'elle fût – au moins apparemment, seule, le labeur avance si énergiquement, les résultats sont si rapides, que l'on se croirait pris dans l'incessant tourbillon d'une ferme modèle !

Cependant, si nous observons de plus près notre fermière, elle est très concentrée, paraissant constamment soutenir un dialogue de la plus haute importance.

Fluette, son tablier bleu, trop large, laisse ressortir la minceur de son torse et de ses membres. Le fichu blanc qu'elle a rapidement noué dans ses cheveux auburn illumine son visage, y laissant transparaître une profonde pureté.

Ses yeux, très clairs – que l'on qualifierait de pers, oscillent entre les sentiments les plus vifs - particulièrement une allégresse qu'elle a du mal à contenir ! et une impersonnelle froideur - une insensibilité quasi énigmatique : chaque fois qu'elle accentue le contact avec ses invisibles interlocuteurs.

Effectivement, on reste surpris de l'entendre acquiescer, discuter, demander … sans jamais interrompre ses gestes, qui témoignent d'un professionnalisme évident.

Maintenant, en filigrane – à condition d'avoir la patience de scruter bien précisément les verts entrelacs des tendres rameaux ou les noires boursouflures des riches mottes de terre, on y verra bientôt courir une Vie démultipliée.

Outre les usuelles faune et flore sauvages - des adventices et un biotope qui, tous deux, s'avèrent d'une remarquable abondance et variété, dès que l'œil plonge au ras du sol, en effet, s'y affairent de minuscules groupes de gnomes, de nains et de lutins, dont la sécurité paraît renforcée par d'immenses géants – négligemment accoudés aux fûts altiers des plus hauts arbres, ainsi que de grands trolls longilignes, dont les membres étirés se lovent dans les aspérités des troncs noueux.

D'un houppier à l'autre évoluent, aussi, des faunes, activement occupés au bien-être de chaque habitant du bosquet.

Enfin, une multitude d'autres Figures, des plus variées – dont les Naïades, les Elfes, les Sylphes, les Salamandres … se perdent dans l'eau du ruisseau, au long des caprices de la brise, qui caresse tiges et feuilles, ou des tièdes rais de l'astre levant, puis, en chaque lieu spécifique, qu'elles « animent » littéralement.

— « Qu'est-ce que la « Vie » ? »,

Est une interrogation courante, en ce factice Éden.

C'est pourquoi Ambroisine regarde si souvent du côté de la forêt : ses interrogations les plus essentielles s'adressent aux « Esprits de la Terre Vierge et des Arbres Sauvages », qui lui enseignent une farouche robustesse en même temps qu'une altière liberté :

— « Pas d'existence organistique sans le support de l'Autonomie ! »,

Lui auront-ils maintes fois confié.

Ajoutant, ensuite, quelques données davantage complexes :

— « Aucun battement de cœur ne peut être contraint de l'extérieur, sans un préalable accord tacite de l'ensemble de l'entité organistique ! ».

Cependant :

— « Nulle montée de sève ne peut s'avérer autrement qu'apparemment fortuitement guidée, mais dans le plein respect de son particularisme propre ! »

Partout, la Dignité trône, comme une condition sine qua non à l'expression spontanée de l'Élan créateur.

C'est elle qui origine la Force, assortie d'une sincère Conscience réflexive, au travers de laquelle s'allieront, pour le plus grand Bien, Orgueil et Humilité, Action et Abandon, Désir et Acceptation.

Ce sont ces nobles caractères - littéralement symboles de la Création ! que notre agricultrice aimerait propager à ses cultures et parmi son élevage.

De surplus, elle se soumet, sans restriction ! à leurs destinées propres, qu'elle ne cherche visiblement pas à détourner – mais, bien plutôt, à s'approprier ! jusqu'à quasiment les épouser, faisant sienne la moindre aspiration de n'importe lequel de ses protégés.

Cependant, les silhouettes - que nous distinguons parfaitement, désormais ! puisqu'elles y auront été instamment conviées, osent, en notre présence, ouvertement ! hanter l'exploitation.

N'est-elle pas un lieu d'Incarnation, elle aussi, bien que l'existence s'y déroule, souvent, de façon trop domestiquée :

— « Regardez ! »,

Pourrait nous murmurer Ambroisine.

Et nous apercevrions - imprégnés d'une profonde paix de l'âme, les subtils va-et-vient d'un petit groupe de Salamandres, dont on dirait qu'elles attisent la combustion du tas de compost.

Ensuite, l'index de notre cultivatrice se tendrait dans d'autres directions.

Nous suivrions le manège de Gnomes qui, sans relâche, tracent leurs légers sillons, de la jachère aux champs soigneusement cultivés.

— « Voyez, toute cette Vie qu'ils charrient à pleines brassées ! »,

Nous ferait remarquer notre initiatrice.

Nous sommes conquis.

Émerveillés !

Lesdits Esprits de la Nature imposent, en nous, un incommensurable respect :

— « Quelle formidable Beauté ! »,

Allons-nous nous extasier, regrettant aussitôt :

— « Comment se fait-il que nous ne les ayons jamais remarqués jusqu'à présent ? »

Ambroisine rit :

— « C'est, tout simplement, parce que vous ne *vouliez* pas les voir ! Du coup, têtus comme vous êtes … »

Bornés, ainsi que nous savons nous camper, nous nous sommes littéralement aveuglés !

C'est d'autant plus dommageable que, lorsque l'on fraie avec ces Forces Vives, au-delà de leur singulière Puissance, elles semblent animées d'une candide simplicité, s'avérant, en outre, particulièrement enclines à la farce : la plaisanterie finirait par prédominer, même si l'on débat, fort amicalement, de sujets éminemment sérieux !

— « Vous vous prenez pour les rois de l'Univers,

Nous assurera-t-on,

— Mais, peut-être, êtes-vous, tout simplement, nos sujets, travaillant sans relâche … pour nos propres accomplissements ? »

Cela dit, le jovial rire qui fuse immédiatement, suite à l'irrespectueuse proposition, dément, bien évidemment, toute volonté d'ingérence – particulièrement de leur règne sur le nôtre !

— « C'est l'Amour qui meut les planètes, régulant les trajectoires et les orbites ! »

Ensuite, on nous regarde, d'un œil taquin.

Mais voici qu'enchaîne, nécessairement, la méditation d'une Ambroisine, qui travaille, le regard tendu vers un insondable vide intérieur :

— « Pour ma part, je ne suis pas allergique à cette idée de l'universel « Amour-Gravitation ».

Quelques lutins se regardent, acquiesçant, tandis que la campagnarde poursuit :

— « Cela me semble la plus pertinente des explications. »

D'où, de l'autre côté de la fontaine, un groupe de fées l'encourage.

Elle ose aller plus avant :

— « Nous nous targuons de « rationalité », nous imposons notre discursivité comme l'unique norme et la mesure de toute chose. »

Le troll, impatient, étire ses longs bras :

— « Mais ? »

La jeune femme semble avoir senti sa présence :

— « Mais le Cosmos - instinctivement Un et parfait, coïncide-t-il avec nos soi-disant arguments ? »

Soudain, elle se retourne :

— « Ne nous montre-t-il pas, continuellement, d'autres Causes, d'inédits Effets, des Voies nouvelles à explorer ? »

Bientôt applaudie de toutes parts, elle paraîtrait revenir, à demi, à la réalité de ce frais petit matin.

Abnégation et infatuation s'entremêlent, donc, de façon tout évidente, à la racine de l'ensemble du vivant, engendrant autant d'inédites vagues d'espoir que de sincères prières, en des « gestes » quasi sacrés, qui semblent s'unir à la sève, aux sucs et au sang, pour finir par fusionner dans les légers cumulus immaculés que rosissent les premières lueurs de l'aurore.

Ici, au « Domaine », tout est savamment réglé pour le bien-être végétal et animal :

— « Nulle espèce n'est inférieure en âme ! »

Aucune forme de vie, en cet endroit industrieux, ne se passe d'un prénom : qui est parfaitement reconnu et auquel il sera, d'emblée, joyeusement, répondu !

Ce seront, donc, d'allègres interpellations, qui vont s'entremêler : « Biquette », « Roussette », « Noirette », « Finaude » … déclenchent bêlements, caquètements, hennissements et mugissements, tandis que « Mistigri » et « Pataud » y ajouteront leurs miaulements et aboiements.

La plupart des compagnons de notre fermière arborent fièrement ce sobriquet qu'elle leur aura choisi et qui les dépeint si justement.

Ils reconnaissent, même, entre eux, les divers patronymes : d'où, ils s'entraideront, l'un l'autre, à décrypter destinataires et consignes !

C'est le cas, non seulement chez leurs représentants les plus habituellement domestiqués - jusqu'aux chats et aux chiens, mais aussi pour la truie, les volailles et chaque tête des ruminants variés qui broutent les prés.

Cela permet, d'ailleurs, à notre fermière, de bavarder sans relâche, autant avec les plantes qu'avec le bétail dont elle s'occupe : ce faisant, elle poursuivra sa besogne, non sans se sentir comprise, écoutée, encouragée et conseillée par l'ensemble du petit monde – plein de bon sens ! qui évolue à ses côtés.

C'est important, car les réunions, avec ses voisines, se font rares.

Il y a, tout d'abord, Floriane, à la silhouette fluette, sempiternellement joviale, infiniment reconnaissante d'avoir obtenu cette condition de femme cultivatrice.

Lorsqu'elle s'arrête, c'est pour gentiment plaisanter, tout en colportant les nouvelles des unes et des autres :

— « La Fleurette a vêlé, chez Lydie !

— Ça s'est bien passé ?

— Impeccablement, elle est robuste ! Et puis … Lydie était aidée ! »

Pointant du doigt le bosquet :

— « Il y en avait une incroyable assemblée, autour d'elle et de sa vache ! »

Un rien, en outre, amuse cette femme simple et gaie : ce qui la pousse à profiter de la moindre pause pour, immédiatement, faire part à ses collègues de ses facéties et fanfreluches, attisant l'hilarité générale :

— « J'ai vu un chat poursuivre un chien deux fois gros comme lui ... »

Démarre-t-elle.

La suite, tout le monde la connaît, mais on aime bien la lui faire redire : ce sera toujours un bon moment de passé !

Elle aura vu un chat en train de courser un énorme chien (gardant précieusement sa truffe délicate des griffes acérées de son poursuiveur) qui courait, lui-même, après un agneau écervelé que l'on craignait de perdre, tant il s'était rapproché de la rivière, trottinant, lui, après une ombre qui ressemblait à sa génitrice ...

D'où, peu à peu, Floriane inventera une folle course-poursuite, y introduisant une ménagerie abondante et variée, n'oubliant pas quelques lutins de son invention - dont le rituel s'étoffait, donc, considérablement, de jour en jour : une farce bien campée, qui mettait invariablement dans une forme éblouissante ses successives interlocutrices !

Ensuite, les « Mères », unies par leur infaillible sixième sens, apparaissent comme les vivantes et vibrantes incarnations d'une nécessaire « Action de grâces » envers l'ensemble des facettes de l'Élan vital.

Comme toutes les femmes qui vivent dans la zone agricole, Ambroisine louera quotidiennement les « Forces Créatrices », qu'incarnent ses compagnons, les « Esprits de la Nature ».

Cependant, simultanément, elle semble - beaucoup plus concrètement ! s'éprendre, littéralement, de chacune de ses précieuses ouailles : s'égayant de leurs facéties, participant à leurs émois, rêvant à leur façon, philosophant, d'arrache-pied, avec ces âmes innocentes, qu'elle chaperonne ...

En effet, tous ces êtres, du plus minuscule au plus imposant – des figures aussi variées que le kaléidoscope des intuitions multidimensionnelles que forge une ininterrompue Création, n'éprouvent-ils pas de profonds sentiments, de nobles et sincères aspirations, tout en témoignant, sans arrêt, d'une spécifique réflexivité ?

Ne font-ils pas, invariablement, l'incessante démonstration d'une intelligence aiguisée - voire de malice et d'espièglerie, pour qui sait s'attarder à les observer et communiquer avec eux ?

En règle générale, ayant bien assimilé les conseils qu'elle reçoit du monde féerique – des injonctions qui traduisent les principales inclinations des Forces Naturelles, Ambroisine garde son cheptel le plus possible en plein air : en parfaite correspondance avec des instincts qui se développeront, grâce à la fréquentation du monde sauvage, jusqu'à leur apogée, puisqu'ils bénéficient, alors, d'une efficiente mutualisation.

Du fait que l'espace, en ces lieux, s'avère largement accordé, si l'on prend, à nouveau, le temps d'un regard panoramique, on verra, partout, courir, galoper, sauter, battre des ailes, gratter, picorer, fouiller, pâturer …

D'allègres clameurs se répondent, d'un groupe à l'autre, emplissant la totalité de l'horizon !

Un instinctif enthousiasme semble irradier aux quatre points cardinaux !

On se demandera seulement pourquoi une absence injustifiée de la gent masculine, au sein de cette partie du « Domaine » : un genre indiscutablement complémentaire, irremplaçable ! dont de nombreux représentants s'avèrent largement aussi intuitifs que nos « Mères ».

La réponse en est que lesdits « Pères » se seront réservé le biotope sauvage des berges de la rivière, y adjoignant un abondant jardin artisanal et médicinal – bien que leurs recherches connaissent encore peu d'applications en ce qui concerne ce second point, au vu du manque d'intérêt que l'on éprouve à soigner et se soigner.

Les travailleurs décèdent, ici, lorsque, harassés, ils sont en proie à des déséquilibres tels qu'ils les conduisent tout droit à la mort. Personne ne s'en plaint : lesdits trépas sont une fatalité à laquelle on ne cherche pas à pourvoir !

Les femmes savent, aussi – assez vaguement, que leurs collègues auront reçu la mission de réintroduire, sur l'espace non cultivé, une multiplicité de fauves et de bêtes sauvages.

Cette diversité s'avère, seule, garante de l'harmonie que l'on cherche à recréer :

— « Sans la présence de la faune dans son intégralité, point d'avenir à l'Homme ! »

Autant les rencontres entre femmes elles-mêmes sont trop peu nombreuses pour entretenir un véritable dialogue, autant la communication entre les deux groupes de travailleurs finit par se faire indigente, tant le labeur presse !

Très peu d'individus jouissent, effectivement, de la pleine médiumnité recherchée : chacun prend, donc, en charge, un maximum de missions, sans s'économiser.

Dans un soupir, Ambroisine se redresse enfin – on a l'impression qu'elle s'extirpe à grand-peine d'un songe, qui n'aura pas interrompu l'harmonieuse suite, bien coordonnée, de ses gestes.

On la voit passer une main sur son front, d'un air las.

Jetant un dernier regard inquisiteur à la ronde, alors que l'on devine que le soleil va bientôt timidement rosir les feuillages argentés des lointains bouleaux, malgré le fait qu'elle se sente toute crottée, on la voit s'accorder mentalement le plaisir d'une rapide pause, calfeutrée dans l'intérieur douillet de sa confortable ferme.

Non sans avoir, au seuil de l'écurie, quitté ses sabots, tout de même !

Et changé de tablier.

Nantie, désormais, de souples chaussons, vite débarbouillée à l'eau froide du robinet extérieur, on la suit - pas à pas, tandis qu'elle achève d'entrer : toujours dans l'idée, fermement entretenue, de s'offrir, au coin de l'âtre, un rapide ravigotant café.

Cela lui fera du bien !

Accoudée à la massive table en bois luisante et patinée, elle esquisse juste un léger signe de la main : le bol, rempli, fumant, dosé comme elle aime, est déjà devant elle, entouré d'appétissantes tartines !

— « Dommage que les représentants du monde vivant ne se prêtent pas, eux aussi, avec une égale facilité, à tous nos désirs !

— Si, à chaque fois, un dessin - esquissé dans l'air, suffisait, nous aurions, décidément, beaucoup moins de travail ! »

Cependant, savourant son bien-être, tout autant que son autonomie et sa liberté, à mesure qu'elle se rassasie et que l'atmosphère tiède l'engourdit, la jeune femme se sent transportée par un étrange rêve.

Un peu comme si la terre, qu'elle manie constamment – courbée du matin au soir, profitait de cet arrêt inopiné pour continuer à lui enseigner – cette fois-ci, dans le moindre détail, toutes les caractéristiques précises de cet incommensurable « Don » qu'est la Vie.

Celle-ci exige, sans cesse, de se remettre en question, certes, mais offre une infinité d'occasions d'attendrissements et d'émerveillement, voire, au cours de quelques instants bénis, procure, quasi miraculeusement ! jusqu'à un éblouissement de tous les sens.

Sans arrêt, notre travailleuse se réjouit de contribuer à régénérer une terre, qui est redevenue souple et noire, ainsi que multiplement habitée, par une microfaune intelligente et généreuse, ce qui la récompense amplement de ses efforts et de chaque attention qu'elle lui aura portée.

Elle s'exalte de pouvoir entourer et tutorer, inlassablement, la moindre nouvelle fragile éclosion ou délicate ramification, subtilement dirigées par les Forces Créatrices, que celles-ci s'expriment dans le règne animal ou végétal :

— « En fait, le plus souvent, il s'agit d'une étroite combinaison des deux !

— La racine, le lichen, le champignon, les bactéries et le vers de terre !

— Une incessante collaboration de l'ensemble des règnes du Vivant !

— Qui met, essentiellement, en jeu, la mutualisation de l'intégralité des ressources disponibles ! »

Songeant à l'intensité de cette constante interrelation :

— « Certes, les niches écologiques s'érigent aussi de façon concurrentielle : mais, c'est l'aide qui prime, en fin de compte.

— L'agglomérat ménage chaque facette de ce qui s'établira, ultimement, comme une nécessaire harmonieuse interdépendance ! »

Tout en agissant, notre éleveuse et cultivatrice a clairement conscience qu'elle ne commandera jamais à ladite Création :

— « Malgré la noblesse, en soi, de mon intuition, mon principal devoir reste de soumission et d'obéissance. »

Lorsqu'elle sème, elle ne récoltera que si la Nature œuvre dans le même sens qu'elle :

— « Autrement, je devrai m'incliner et accepter les circonstances qui orienteront différemment la croissance que je souhaitais encourager. »

Les « Raisons » de « Dame Nature » ne sont pas toujours celles du genre humain !

D'où, cette authentique humilité et cet abandon instinctif dont elle aura fini par faire preuve, comme ses collègues, à chaque instant :

— « On ne peut jamais prévoir si un animal ne tombera pas malade ou si une semence ne sera pas irrémédiablement gâchée ! »

Effectivement, en ce qui concerne autant la flore que la faune - chacune débordante de son Élan propre, notre travailleuse ne pourra que se plier : constater !

— « Scruter !

— Observer de très près ! »

S'efforçant, ensuite, de remédier au mieux – dans la plus grande souplesse ! elle continuera à trimer, sans relâche, s'appliquant à conserver un mental net et droit, évitant de se laisser submerger par l'épouvante d'une sécheresse ou d'une énième tempête :

— « Notre exigeant métier nous rend positivement fatalistes ! »

Cependant, malgré l'acceptation de mise, on la verra, presque quotidiennement, tout en discourant avec les elfes qui l'entourent, patiemment finir de rétablir ce qui aura été malencontreusement défait la veille …

Heureusement, la zone rurale dans laquelle « Mères » et « Pères » œuvrent s'avère d'un climat relativement tempéré, le plus souvent propice à son activité.

Au total, les champs s'y trouveront suffisamment ensoleillés, tandis que l'on aura pallié la sécheresse en les tissant d'un formidable réseau concentrique de canaux d'irrigation, dont l'incessant doux clapotis tranche avec la sauvage rumeur du sombre et large fleuve qui les nourrit : ce ruban lumineux qui mugit, au-delà de la file des minces bouleaux argentés, à mesure qu'il s'évase en un saumâtre estuaire, foisonnant d'une inestimable biodiversité.

Provenant d'une bonne distance, derrière le mont, l'arrière-plan sonore du régulier grondement des vagues, associé à d'insistantes âcres senteurs marines, rappelle aussi, par sa mordante amertume, que l'océan n'est, au bout du compte, pas si éloigné !

Mais ladite colline encercle autoritairement le paysage. Une haute butte, suffisamment escarpée pour que l'on ne se risque pas à l'ascension - que l'on voit bleuir et rosir, soir et matin, ferme la vue sur l'inconnu.

Ces « Terres Rouges », on n'ose en susurrer le nom que peureusement, à mi-voix, à la façon dont on invoquerait Satan :

— « Nul, jamais, jusqu'ici, n'a su franchir cette barrière artificielle !

— Probablement personne n'en aura-t-il éprouvé ni la curiosité, ni l'intrépidité, ni l'habileté ! »

D'autre part, semblablement à notre jeune paysanne, ses voisines se retrouvent continuellement accaparées, d'où, si profondément lasses qu'aucune interrogation n'anime plus la moindre de leurs pensées, toutes inévitablement consacrées au travail.

Ainsi, donc, vivent les « Mères » et les « Pères » qui ont été choisis pour la « Mission ».

Après les avoir recréées de toutes pièces, en laboratoire (on sortait d'une extinction quasi mondiale de l'ensemble des espèces !), il fallait désormais ranimer, maintenir et développer, coûte que coûte, un maximum de formes de Vie – autant animales que végétales, et ce, à travers des techniques empreintes d'un profond respect pour leurs inclinations propres.

Enthousiasmés par ce généreux objectif, les rescapés de la « Troisième Guerre Mondiale » avaient juré de les faire intégralement fructifier, quel que soit l'aspect sous lequel elles se présenteraient ou l'utilité qu'ils en auraient.

Aujourd'hui, on a oublié la raison profonde dudit « Serment » - celui qui s'avère, incontestablement, l'une des incontournables « Conditions », à l'origine du « Pouvoir » : une promesse qu'il faudra intégralement prononcer, pourtant, de façon à obtenir la jouissance d'un lopin de terre !

Effectivement, si l'on élève et cultive, ce n'est pas pour se nourrir.

À ces fins, il suffit de dessiner, dans l'air, le plat que l'on souhaite :

— « On mange à satiété, sans avoir ni à produire, ni à travailler ! »

Ce ne sera pas, non plus, pour se vêtir ou se chauffer !

Dans ce but, on utilise la même infaillible humaine « Méthode », qui pourvoit immédiatement à l'intégralité des besoins et des désirs que l'on éprouve, à mesure que l'on esquisse, de façon manifeste, les contours des images que l'on forge en pensée !

On se remémore juste, jour après jour, qu'il faut absolument que la plus grande quantité de règnes survivent et perdurent, si l'on veut, soi-même, continuer à exister.

— « L'avenir de l'espèce humaine est étroitement dépendant de la permanence de l'ensemble des autres – sans exception ! »

Auront, maintes fois, réitéré les Esprits de la Nature :

— « Tous les règnes concourent à forger une Vie – unitaire ! qui, en l'absence du moindre d'entre eux, péricliterait. »

Les ruraux, affairés, ne se posent guère de questions, briefés qu'ils auront été au moment de prendre leur poste.

Parfois, dans un demi-songe, affleurent, sur quelques lèvres, des termes savants, comme celui de « capital génétique ».

Identiquement à ce qui se passe chez les citadins, c'est sans compréhension !

N'éprouvant aucun besoin de philosopher plus avant sur leur condition, nos travailleurs se contentent de mener à bon terme leurs projets.

Personne n'a conservé l'idée, d'ailleurs, de ce qu'était la « Culture » de jadis – notamment scientifique, avant que l'effroyable conflit ne détruise irrémédiablement, partout sur son passage, la somme des documents accumulés, de la même façon que le moindre antique vestige architectural.

On ne chante, ne raconte ni ne danse, et ce, absolument jamais ! donnant la constante impression de s'en bien garder : comme si c'eût été formidablement dangereux que de se livrer à ces futiles activités !

D'où, plus d'art, plus de recherche ni d'écrits !

On ne peut que constater, partout à la ronde, l'absence de volonté de s'évader, par la pensée, de ces étables et de ces champs, qui constituent, du coup, l'unique réalité quotidienne.

De fait, l'incessant nécessaire dialogue avec les Esprits de la Nature, en dépit de l'insondable allégresse qu'il procure, pompe une grande part des énergies disponibles.

Aucun de ces « Mères » et de ces « Pères » ne se remémore, donc, qu'il existerait, quelque part, un « ailleurs », qu'il soit concret ou virtuel !

Cependant, ils eussent été ébahis – choqués à l'extrême ! s'ils avaient pu contempler l'au-delà de cette butte protectrice qui les encercle.

Du plus loin que se porterait alors leur vue, s'étend un immense bariolage d'espaces sablonneux ou rocheux, totalement désolé.

Alternativement blanchis ou flamboyants, les rares vestiges d'anciens humus sont pulvérisés, desséchés, conduisant jusqu'à un océan désormais vide, lui aussi, de toute Vie – prolongeant et démultipliant, en quelque sorte, la stérile amertume de ses écumes violettes.

Maintenant, nos courageux travailleurs auraient pu explorer l'au-delà des murailles, dont le regard peut suivre les méandres incurvés.

Une rumeur circule, parmi les ruraux, qu'il n'y a rien, à l'intérieur des remparts :

— « Tout du moins, rien d'intéressant ! »

C'est ce qui fait que nul d'entre eux ne songe à les traverser, se contentant d'y admirer les kaléidoscopiques reflets lumineux des astres - diurne et nocturnes : un bizarre mélange, que déploient, à profusion, les Cieux !

Et pourtant, s'ils avaient su !

Si le moindre contact avait pu s'établir, entre un certain adolescent, constamment flanqué d'un chien blanc et roux, et ces assemblées laborieuses, desquelles on espérait le meilleur !

Certes, la Nature s'avère puissamment imprévisible, ce qui aurait surpris – voire choqué ! notre robot.

Cependant, lui aussi aurait trouvé maintes occasions d'y puiser d'inédits algorithmes …

« L'amour d'un père est plus haut que la montagne.

L'amour d'une mère est plus profond que l'océan. »

Proverbe Japonais

7.Les Mères ; Les Pères.

— « Nous sommes les seules survivantes, sur Terre ! »

Devient le refrain du chœur des femmes.

— « De la même façon que les Pères sont les derniers repré-sentants de la Race Humaine ! »

En constitue la nécessaire incidence.

— La Troisième Guerre Mondiale a généré un total Chaos ! »

Se lamente-t-on, sur les chemins du « Domaine » :

— « Les ultimes habitantes ! »

Assènent, fièrement, les courageuses cultivatrices, en route pour l'Assemblée qui les réunit, une fois l'an, à leurs collègues - de façon à faire un point régulier sur l'ensemble des opérations en cours.

Nul de ses membres n'entraperçoit, au-delà des fortifications, le moindre vestige de l'endroit consacré qui accueillit – des siècles auparavant ! une fastueuse Capitale.

Personne, ici, ne soupçonne que des êtres y auront subsisté, prisonniers.

La communauté soudée à laquelle appartient Ambroisine pa-raît peupler, depuis des Temps immémoriaux, un espace que l'on aura, d'emblée – respectueusement ! dénommé le « Domaine » : une vaste étendue, partagée en distinctes « régions ».

— « La forêt a une vocation spontanée à l'autonomie, tout comme la rivière et ses berges, conscientes de la Destinée qu'elles incarnent ! »

Auront, à maintes reprises, constaté les Pères ;

— « À cette image, sur les terres que nous transformons en champs, en vergers et en pâturages, nous encourageons des penchants et des inclinations innés ! »

Répondent, en chœur, les Mères :

— « Nous rapprocherons, au maximum, les deux types de paysages ! »

Enfin, le souhait fuse, unanime :

— « Il ne faut plus pouvoir distinguer les terrains agricoles des sols vierges !

— On retrouvera une identique profusion partout !

— En étroite correspondance avec les types de sols ! »

Puis, l'allégresse domine :

— « Nous avons déjà ressuscité un septième des Espèces qui nous ont été confiées !

— Tâchons, tout de même, d'accélérer le mouvement, avant qu'il ne soit trop tard ! »

Pourtant, la symbiose des biotopes se réalise, désormais, pleinement, dans le cadre du généreux projet.

Les bois s'avèrent si savamment entretenus qu'ils paraissent, littéralement, cultivés ; l'herbe folle et les coquelicots, qui parsèment de vives touffes colorées les jardinets, rappellent à quel point on respecte, pour leur essentielle fonction, les adventices !

Empruntant le moindre broussailleux sentier, vous auriez été étonné du nombre d'individus courbés, occupés à ne laisser subsister aucune trace – pas la moindre marque malvenue de la main de l'Homme ! autour de ce précieux passage : à cette tâche, chacun s'épuisait, conscient de l'ampleur démesurée de ses responsabilités !

On eût pu, de la même façon, intituler le « Saint Endroit » : « Conservatoire » – voire « Musée » :

— « Nous avons rassemblé, ici, l'entièreté du capital génétique des écosystèmes révolus. »

Le Directeur des Collections témoigne de plus d'énergie que d'anxiété :

— « À nous, maintenant, d'achever de tout ressusciter : c'est la condition même de notre survie ! »

Seulement, l'« Auguste Assemblée » – périodiquement sollicitée, n'éprouve plus la claire conscience du « Déroulement des Ères Historiques ».

Pour ce faire, il eût fallu des écrits : or, des ouvrages, il n'en restait pas le moindre !

Cela aurait, d'autre part, nécessité une véritable curiosité pour le livre : son absence (l'ignorance même que cela existe !) ne s'avérait pas consciemment regrettée !

On récitait, donc : une « Geste » se forgeait, prenant pour cible les événements récents venant d'agiter la petite Communauté.

Ladite « Mémoire Collective » – dorénavant orale et à court terme, ne considère, ni le lointain Passé - que l'on se refuserait même à examiner, si l'on y avait encore accès - tant l'antique réflexion diffère de la réalité d'aujourd'hui ! ni un improbable Avenir, dont on ressent, en outre, qu'il est déjà, par avance, fort compromis !

D'où ce constant refuge dans des Mythes, d'abord improvisés et dialogués, puis, à la lettre ! restitués par cœur, tant on en aura pris l'habitude :

— « Il y eut la Création ;

— Celle du Ciel, puis de la Terre ;

— Depuis, rien ne s'est transformé !

— Notre planète est le Centre de l'Univers !

— Aucun élément n'a été perdu !

— Nulle chose ne se sera rajoutée ! »

De là, se renouvellent les vœux de ces missionnés :

— À nous de remettre l'écosystème dans l'état où il était, avant la « Troisième Guerre Mondiale » !

— Ainsi, notre Globe se présentera comme il aurait toujours dû être !

— Le Refuge que les Dieux accordèrent aux Hommes !

— Pour qu'ils dominent l'Univers ! »

De fait, aucun de nos courageux agriculteurs n'aurait su répondre à la question de l'origine d'un si noble Mouvement, ni des circonstances exactes de leur officielle intronisation.

Ces détails s'étaient perdus en même temps que les faits et gestes – oubliés ! de Dirigeants qui se seront délibérément enfuis.

Pourtant, sous leur égide, une Loi fut votée.

Elle détaillait autant les conditions de la Conservation de tout ce qui avait pu être sauvé, in extremis, suite aux inconsidérées pollutions qui touchaient, indifféremment, tous les domaines (pour cela, un forage dans la banquise paraissait créer un lieu judicieux), que les exigences morales et professionnelles requises pour, le cas éventuel, participer à une reviviscence, véritablement hors normes :

— « Les exploitants s'appuieront sur les remarques des Esprits de la Nature : en aucun cas le lien ne doit être rompu ».

Le célibat n'était pas une obligation, mais l'on cantonnait les couples et les familles dans un endroit mieux approprié :

— « Le travail requiert de la réflexion : par-dessus tout, une constante méditation !

— D'où, une bonne dose de solitude !

— La tâche risque de démesurément empiéter sur l'éducation des enfants. »

Pour leur part, douces mais actives, loyales et sincères, les « Mères » auront presque occulté jusqu'à l'image des anciens Compagnons, dont leurs collègues – avec lesquels elles n'ont quasiment pas de contacts, en dehors de la réception annuelle.

De ce fait, elles constituent - dans la partie cultivée du « Domaine », les uniques représentantes de l'espèce humaine.

Pour cela, elles auront été, une à une, triées sur le volet, parce qu'elles savaient, spontanément, entrer en contact avec les Esprits de la Nature - ce qui s'avérait, alors, essentiel à la tâche qu'elles devraient, fidèlement, remplir.

Elles ressentaient, par tous les pores de la peau, l'organicité de « Gaïa » ou « Gé », la « Planète Bleue ».

Prévoyant, fort à propos, chaque réaction d'une « Terre-Mère », véritablement « Nourricière » !

Ainsi que des « Génies » qu'elle portait !

Elles seules, sur le long terme, se montreraient aptes à établir un dialogue et une coopération d'une intensité suffisante à la reprise du peuplement du Globe, tout en témoignant de la nécessaire soumission qui permettrait d'œuvrer en coopération avec d'efficientes Forces Vives :

— « Les travailleurs se laisseront guider par les Exigences Cosmiques.

— On poursuivra dans la lancée de l'Élan Vital ! »

On ne leur avait pas demandé le moindre avis, en les cloîtrant là : seulement d'entretenir et de développer ladite fructueuse communication, de façon, pas à pas, à réinsuffler, sur ces terrains choisis et consciencieusement délimités, quelques onces d'une authentique « Conscience » !

L'Existence devrait s'y perpétuer sous toutes ses formes : des manifestations les plus instinctives et sauvages, autrefois jugées « inutiles » - mais on venait de réaliser l'absolue nécessité de l'Authenticité qu'elles incarnaient ! aux plus artificiellement maintenues, pour les besoins d'une race qui s'était, autrefois, accaparée, sans vergogne, l'entièreté des richesses planétaires, ne tenant aucun compte des aspirations propres aux divers règnes.

Par quelque voie mystérieuse, lesdites « Mères » étaient renouvelées, de temps à autre, lorsque certaines d'entre elles manquaient à leurs engagements ou décédaient.

L'identité des membres du jury restait impénétrable !

Ses décisions, souveraines !

Négligeant les corps des trépassées, on ne ritualisait plus la mise en sépulture : une simple fosse, dans laquelle s'amoncelaient les cadavres en décomposition, représentait tout ce qui restait d'antiques solennels rites.

Enfin, l'extrême pointe orientale dudit « Domaine » abritait les quelques couples de ruraux qui perduraient – les alliances s'étant raréfiées, du double fait de l'abondance et de la diversification des « Missions ».

De ce côté-là, on entendait – presque jour et nuit ! rire de joyeux enfants, aux jeux cascadants et rebondissants !

Probablement seraient-ils appelés à pérenniser l'opération !

Toutefois, lesdites familles - dans n'importe quelle tranche d'âge ! se trouvaient régulièrement éprouvées.

Pas plus qu'à la ville, comme nous l'avons déjà relaté, on demeurait longuement malade.

Soit l'on se trouvait apte à exécuter ses tâches, soit l'on dépérissait rapidement, faute de la moindre attention de la part d'un entourage qui avait oublié que l'on pouvait soigner.

Pourtant, la médecine aura su, antérieurement, œuvrer à guérir, au moins jusqu'à la dernière époque « civilisée ».

Ne s'en remémorant plus même les principes, l'on se soumettait, désormais, sur ce plan-là aussi - ne serait-ce qu'à travers un pur mimétisme des Forces Naturelles ! à une redoutable Fatalité !

Ambroisine sera donc devenue l'une - parmi les moins âgées, des infatigables « Gardiennes » des « Terres Promises » : ce « Jardin de Cocagne », avoisinant l'espace sauvage qu'entretenaient les « Pères », dont, lorsque l'on saurait en tirer les précieux enseignements, il semblait qu'il pourrait incarner, un jour, l'inestimable prototype d'un plus vaste Paradis planétaire !

Elle est l'une des « Mères » de la « Terre » !

Depuis qu'elle remplit fidèlement ladite « Mission », la jeune femme a incommensurablement approfondi ce sixième sens, dont elle est dotée depuis la naissance.

Allant jusqu'à quelque peu philosopher !

Aujourd'hui, c'est d'instinct, très rapidement, qu'à chaque étape cruciale de son labeur, elle pose les questions les plus judicieuses et reçoit, de la part des silhouettes diaphanes qu'elle aura tout juste invitées, d'inestimables conseils.

Sa frugale vie s'emplit d'une Intelligence très particulière, bien spécifique : elle en connaît, désormais, fort long, sur les méandres par lesquels l'Élan Créateur s'exprime !

D'autre part, elle finit par développer, en elle, une sorte de religion solaire.

Son labeur accompli, elle aura coutume de rester en extase, face aux rayons dorés de l'astre diurne, qui tranchent sur l'argenté de la lune et des étoiles : sachant, par toutes les fibres de son corps, qu'un jour, elle se fondrait – aussi délibérément que définitivement ! en lui.

La Communauté, sans témoigner d'aucun dogmatisme, éprouve, de diverses façons, son profond lien avec la Vie : d'où, l'usuelle méditation, qui accompagne ou rompt, périodiquement – librement ! le travail, s'avérera une expérience collectivement partagée.

Était-ce bien un Paradis « terrestre » que l'on préparait en ces lieux, tout entiers tournés vers la voûte céleste ?

La formidable entreprise n'était-elle pas, dès le départ, inexorablement vouée à l'échec ?

« À l'étroit sur leur petite Terre,

menacés par leur propre puissance,

les êtres conscients et curieux lèvent les yeux au ciel

et s'interrogent anxieux :

« comment cette belle histoire du monde va continuer ? »

« Il y a toujours un moment

où la curiosité devient un péché,

et le diable s'est toujours mis du côté des savants ».

Anatole France

8.Marcus - Du Pouvoir à la Planète Mars

À l'époque, les gouvernants savaient qu'il restait, au mieux, une génération de survie, pour l'espèce humaine : tant elle s'était multipliée ! tellement elle avait dévasté et souillé une planète qui peinait à pourvoir aux besoins d'une population aussi fournie !

Alors que l'on égrenait quotidiennement d'insignifiantes nouvelles, qui faisaient partout la « Une », de dramatiques métamorphoses menaçaient le « petit monde » du genre humain.

En effet, le climat se modifiait, l'océan, profondément intoxiqué, grondait, écumait, tandis qu'il achevait de se vider de toute vie ; partout, la glace fondait, des plus hautes cimes jusqu'aux pôles : ce qui ferait, un jour, basculer l'axe de la Terre …

Ensuite, l'on n'osait porter le regard sur les plastiques bariolés qui encombraient, non seulement les décharges - officielles et interdites ! mais jusqu'aux abysses maritimes eux-mêmes : le sublime Berceau de l'Évolution !

Nul ne se risquait à quantifier ou qualifier les innombrables substances nocives que recrachaient les cheminées des usines, partout dans le monde …

Si le badaud en souffrait le premier – particulièrement les déshérités ! si ce morne et gris paysage finissait par désespérer, au plus haut point, ses habitants, la caste des riches, elle aussi, commençait à pâtir.

Personne ne pouvait voyager en se soustrayant à l'avilissement des plus beaux sites naturels !

Aucun château ne se bâtissait sans se situer à proximité d'une centrale nucléaire ou d'une vaste décharge à ciel ouvert !

C'est pour cela que les gouvernants, d'un commun accord, auront créé leur organisation secrète : soudée contre les masses !

On savait que, très prochainement, interviendrait, non seulement l'extinction définitive de toute ressource – des plus naturelles aux plus sophistiquées, mais, surtout, au vu de l'incommensurabilité des nuisances dont souffrait la pauvre « Planète Bleue », celle que l'on dénommait déjà, entre soi, la « Grande Catastrophe » : celle dont on s'étonnait qu'elle ne se soit pas déjà produite !

— « Dame ! Dieu aura bien agencé sa Création, puisqu'elle résiste encore ! »,

Pourra s'exclamer quelque inconscient.

Mais le médecin s'est forgé une autre approche :

— « La Terre est un organisme vivant. Comme tous les corps, on peut l'empoisonner jusqu'à un certain seuil, sans obtenir de réaction visible. Cependant, un rien de trop, et c'en sera fait des équilibres vitaux primordiaux, qui voleront en éclat, d'un coup, entraînant des réactions d'une violence terrible ! »

Il était évident que la Terre ne pouvait que, finalement, se révolter, contre des parasites qui la polluaient et l'exploitaient sans vergogne.

— « Après moi, le déluge ! »,

Riait-on, ne réalisant pas que ladite expression passait, insensiblement, du sens figuré au sens propre.

— « Vous et vos enfants allez être touchés, de façon imminente ! »,

Auriez-vous pu leur rétorquer, sans risque de vous tromper.

— « Bah, tant que j'accumule les possessions ! »,

Restait l'expression favorite d'une élite qui ne songeait qu'à jouir : tout, immédiatement, à n'importe quel prix !

— « La Mode, rien que la Mode ! »,

Intimaient les snobs.

— « Des Jeux !

— Des Divertissements ! »

Requéraient les oisifs.

— « Des Spectacles ! »

Peu importait, d'ailleurs, qu'une signifiante fraction de miséreux soient décimée par de successives famines !

Le nombre des ressortissants de la race humaine était franchement devenu insupportable, menaçant la subsistance des quelques fragiles milieux sauvages - miraculeusement encore vierges ! tandis que s'accroissaient, exponentiellement ! leurs insondables pouvoirs de nuisance.

Partout, fleurissaient des barrages gigantesques, d'abyssales mines, d'immenses éoliennes, de titanesques architectures, d'énormes complexes industriels …

Dans une entière clandestinité, donc, rejoignant un inextricable réseau de sectes - autant occultes qu'irréversiblement cloisonnées, un ramassis d'hommes de pouvoir et / ou de fortune auront, durant des années, consciencieusement préparé l'« Ultime Voyage » :

— « Mars ! »

Trottait dans ces esprits surchauffés, qui se demandaient si la planète rouge possédait suffisamment de réserves en eau – si elle ne s'avérait pas, simplement, une enclave déchue, à jamais souillée par ses habitants, des milliards d'années auparavant …

Pour mener à bien ladite entreprise, ils s'appuyaient, essentiellement, sur la fortune considérable et les immenses pouvoirs d'une Mafia mondialisée – qui comptait bien profiter d'eux, en retour, leur faisant payer très cher cette trahison !

D'où, l'illicite opération se déroulait dans un mystère doublement savamment entretenu, réjouissant ses muets participants, qui se prenaient à – littéralement « échafauder des projets sur la comète », c'est-à-dire, en fonction de la décision finale … effectivement, sur Mars !

Si l'on s'offre le temps d'une parenthèse, pour revenir sur leur propre Histoire, il est vrai que l'on eût pu se figurer que ces hommes de Pouvoir se mettaient au service de leurs peuples, qu'ils guidaient en toute conscience, animés d'une parfaite honnêteté.

D'ailleurs, dans bon nombre de pays, n'avait-on pas instauré de régulières élections, garantes d'un soutien national suffisamment critique pour que ces leaders n'outrepassent pas leurs droits, remplissant l'intégralité de justes devoirs ?

Cependant, d'autre part, le constat restait sans appel : tous ces plénipotentiaires étaient milliardaires !

Une abusive richesse les coupait irrémédiablement des masses laborieuses : la vie quotidienne des uns et des autres divergeait totalement !

Il s'était forgé de tels gouffres, entre ces castes et les gens ordinaires, qu'ils paraissaient déjà vivre sur deux différentes planètes !

97

Sans s'interroger sur les monarchies héréditaires, comment se faisait-il que, dans les « Républiques » – a priori « démocratiques », l'on ne puisse porter l'« individu moyen » à la Présidence – et ce, si cela avait été réalisable, sans qu'il ne rejoigne, bientôt, la classe des « hyper-fortunés » ?

Comment le genre humain, dans sa globalité, supportait-il, résigné ! autant d'inégalités - d'indigence et de disette, alors que quelques familles seulement, soudées et complices, s'étaient arrogées la majeure partie des ressources et des biens que les travailleurs, sans trêve, produisaient ?

Certes, les avenues s'emplissaient périodiquement de foules furieuses, mais elles n'étaient, jusqu'ici, pas assez savantes – peu rusées, d'ailleurs : l'expression digne de la légitime innocence populaire se trouvait bien vite bafouée et détournée !

Sans compter qu'alentour, rôdait une inextinguible soif de violence …

Après le matraquage, l'« ordre » était rétabli, pour quelques années … : les laborieux ouvriers s'activant, les spéculateurs boursicotant, les nantis s'enrichissant, les miséreux - s'appauvrissant inexorablement !

Comment une telle disparité des conditions pouvait-elle se maintenir, quelles que soient la structure et la dénomination dont on qualifiait le système politique en place ?

— « L'aveuglement de la multitude ! »

Constaterez-vous.

J'ajouterai : l'hypnotisation des peuples, par le biais de quelques vils divertissements, magistralement orchestrés, subtilement mis en scène …

Toujours est-il que ladite « Haute Caste » se prit à comploter.

Et l'Idée – géniale ! aura spontanément pris corps.

Dans les rapports détaillés que fournissaient, régulièrement, les diverses sondes spatiales, des traces d'eau – notamment souterraine, s'avéraient, partout ! visibles, sur Mars.

On sut rapidement que cette irremplaçable ressource était prête, à peu de frais, à affleurer à nouveau, en maints endroits de plus – davantage que ce que l'on avait tout d'abord pensé, puisqu'elle ne se trouvait généralement qu'à peu de profondeur, en sous-sol.

Par endroits, des geysers - très salés, émergeaient, allant jusqu'à remplir plusieurs dénivellations, bien apparentes.

Là-bas - à soixante-seize millions de kilomètres en moyenne (en fonction de la position respective des deux astres), on aurait sa villa en bord de « mer » !

Enfiévrés, les ténébreux organisateurs répertorièrent, par la suite - très consciencieusement ! les principales nappes phréatiques, traçant, de-là, les vestiges - à demi effacés ! des vivantes et vibrantes veines et artères d'un ample réseau souterrain, que l'on devinait - le supputant anxieusement.

On renvoya, sans trêve, sonde sur sonde, sur la Planète Rouge !

Financées, bien sûr, par les impôts mondiaux.

D'où l'on réalisera – sans l'ombre d'un doute ! que cet astre avait été plein de vie – largement autant que la Terre ! en des Temps immémoriaux …

Les androïdes comptaient-ils plusieurs destructions planétaires à leur actif ?

— « Qui a saccagé Mars ? »

Les photos que fournissaient, à foison, les automates, continuèrent, imperturbablement, à dévoiler autant les traces anciennes d'une atmosphère similaire à celle de la « Planète Bleue », que les stigmates de fleuves, d'océans, de vastes estuaires, de lacs à profusion … qui s'étaient soudainement figés, des milliards d'années plus tôt !

Quelle catastrophe inouïe aura, brutalement, ravagé ce splendide écosystème, si pareil au nôtre, conçu, à son image, pour accueillir généreusement la Vie, sous ses multiples formes ?

Cependant, ces mêmes clichés s'avéraient, d'un point de vue plus positif, pleins d'espérance : on pourrait reconstruire, à partir de ces paysages apparemment arides, parce que l'élément essentiel à la vie, l'eau, quels que soient la forme et l'état dans lesquels elle se trouvait, y subsistait, très certainement, en quantités considérables et de façon exploitable …

Puis, d'autres robots, amenés à grands frais sur la Planète Rouge, par plusieurs fusées successives – chargées, d'autre part, des outils et des matériaux indispensables, conduisirent un intense travail de déblayage, sur la grève du principal « océan » que l'on s'était choisi, échafaudant les premières casemates d'une cité que l'on comptait, ultérieurement, largement développer.

Tout ceci prit des années et des années : les Magnats rongeaient leur frein, dissimulant mal une impatience grandissante !

Vu l'énormité des investissements requis, malgré eux, ils provoquèrent plusieurs crises financières successives, d'où quelques chamboulements politiques, qui leur firent craindre l'effondrement du fabuleux projet, en même temps que l'anéantissement de leurs espérances !

Il fallait, véritablement, posséder des milliards, pour « tenir le coup » aussi longtemps !

Cependant, une unanime muette interrogation, que seule retenait l'angoisse d'être radié du « complot », enfla démesurément.

Quand pourrait-on, enfin, échapper à la cohorte des êtres mal dégrossis qui réclamaient, de plus en plus ouvertement – voire violemment ! leur propre part d'un « gâteau », qui n'était pas extensible ?

Enfin, au bout de plusieurs saisons d'angoisse, se dessina la venue du « Grand Jour » !

La Date, Ô combien historique ! et tout à fait symboliquement décidée, à laquelle, chauffé à blanc par une si longue silencieuse

100

attente, l'« Homme Riche » participait, physiquement, à un voyage qui grevait, depuis fort longtemps, ses finances personnelles !

Dans son esprit - animé par les « Lumières » du « Progrès », l'« Humanité » partait, désormais, à la conquête de l'Univers !

Pour être exact : les quelques rares élus que les élites politico-financières - indissolublement alliées ! avaient considéré comme re-présenter ladite « Humanité ».

C'est-à-dire, au bout du compte, elles, et, bien entendu, elles seules !

Dans la population, rien n'avait encore filtré de cette sordide conspiration, qui devait abandonner à son triste sort la majeure partie d'un genre humain qui n'y était absolument pas préparé !

Les Experts et les Potentats se frottaient les mains, jubilant, littéralement, à la pensée de ces pauvres hères dont ils allaient pouvoir se délivrer et qui, livrés, seuls et sans atouts, à leur triste sort, avaient peu de chances de s'en tirer !

Un refrain affleurait sur les lèvres des futurs explorateurs :

— « …Eh bien ! dansez, maintenant. »

C'est en chantant, donc, que lesdits « Politiques » montèrent, un à un, à bord de leurs respectives fusées !

Treize familles essentiellement, gonflées de leurs puissants al-liés, partaient à la conquête d'un « Nouveau Monde » … bien lointain, celui-là !

Ce « Grand Départ » s'effectua en plusieurs vaisseaux spa-tiaux, dont les mises à feu s'échelonnèrent, durant un bon mois.

Il y eut des incidents, à la fin, quelques techniciens ayant tenté de se joindre au voyage : pour que le secret perdure le plus longtemps possible, ceux-ci furent exterminés, un à un, après avoir diligemment servi !

« C'est alors que l'enfant se sentit grisé par son vol audacieux,

et cessa de suivre son guide ; dans son désir d'atteindre le ciel,

il dirigea plus haut sa course. La proximité du soleil bientôt

ramollit la cire parfumée qui servait à lier les plumes.

La cire avait fondu ; Icare secoua ses bras dépouillés

et, privé de ses ailes pour ramer, il n'eut plus prise sur l'air
… ». Ovide, « Métamorphoses ».

9.Le Grand Départ

Imaginez l'intense stupeur que produisit, sillonnant l'entièreté des terres émergées, la très tardive annonce – fusant en un hurlement suraigu, qui gagnait, sans distinction, des bourgs aux hameaux, des Capitales aux Centres Provinciaux, des agglomérations aux bidonvilles ! sur des populations qui restèrent, longtemps, indécises, quant au bien-fondé d'une rumeur qui enflait, pourtant, inexorablement :

— « Les Dirigeants sont partis !

— Pour où ?

— On ne sait pas bien ; en fusée, dit-on.

— Vers la Lune ?

— On m'a dit que non !

— Alors, c'est en direction de Mars !

— Mon frère m'avait parlé d'une Conspiration !

— De fuites de capitaux !

— De là à penser que …

— En attendant, ils nous ont trahis !

— Ridiculisés !

— Abandonnés ! »

Enfin, le réseau informationnel mondial fut saturé de la « Nouvelle » : les « Chefs » s'étaient enfuis sur Mars !

— « En plusieurs décollages successifs, une armada de vaisseaux spatiaux - qui se suivent, a achevé de quitter la Terre, il y a trois mois.

— Les passagers sont les membres des différents Gouvernements, ainsi que des personnalités, qui auront financé personnellement leur traversée. »

Un peu comme un indélicat capitaine abandonnerait son navire, à la veille du naufrage !

Juste un ébahissement, formulé par les plus hardis :

— « Ils voyagent … ensemble ? »

Auxquels les jaloux cloueront le bec :

— « Ne sont-ils pas tous les mêmes ?

— Alliés !

— Acoquinés ! »

Tandis que l'indistincte masse s'interroge – n'osant comprendre :

— « Pourquoi ? »

Ce qui finit par ouvrir bien des yeux !

Effectivement, pour ceux qui restaient, il devenait de plus en plus certain que la « Grande Catastrophe », tant de fois annoncée, à l'avance commentée, aurait bien lieu :

— « L'axe des pôles va basculer ! »

Puis, comme le phénomène paraît trop abstrait, des meneurs en rajoutent :

— « Les volcans majeurs vont entrer en éruption !

— Il y aura des tsunamis !

— Des incendies !

— Des tornades !

— Des déluges !

— D'extraordinaires chutes de grêle ! »

Tandis que les modérés s'exclameront :

— « Bah ! Si vraiment cela commence par une inversion des pôles, nous ne serons plus là pour les voir ! »

S'imaginant en train de tournoyer dans l'espace, après le titanesque renversement !

Passé la vague de suicides, consommé le rapide effondrement des faibles et des malades, une incontrôlable agressivité s'emparera des masses furieuses : puisqu'il restait fort peu de temps à vivre, on voulait tout !

Par la force, on allait s'emparer de la moindre richesse !

Voler, tuer – que dis-je : systématiquement exterminer !

De façon à accumuler les possessions.

Ce fut le très exact départ d'un conflit qui, d'emblée, se mondialisait.

Les quelques cadres qui régissaient les dernières exploitations en fonctionnement se cachèrent comme ils le pouvaient – usant de faibles moyens ! : eux n'étaient, ni fortunés, ni responsables de ce désistement massif au sommet !

Ils avaient toujours investi leurs forces vives dans une frénésie d'accomplissements professionnels !

Trimé nuit et jour !

Sans compter !

Bien entendu, sous la poussée des hordes en transe, les entreprises furent instantanément ravagées !

Leurs propriétaires assassinés !

Les corps calcinés des ingénieurs et des techniciens jetés, sous les sordides huées des agitateurs, dans des fosses communes, creusées à la hâte - ce que scandaient moult chants de liesse !

L'outil de travail fut même la première cible des attaques groupées :

— « À l'usine ! »

On lui en voulait d'autant plus qu'on aurait, par lui, terriblement souffert : il symbolisait, littéralement, l'oppression !

— « Sabotez les machines !

— Toute la chaîne ! »

La formidable mécanique, plus ou moins numérisée, signait un antique esclavage !

D'où, bien sûr, l'instrument intelligent se retrouvait haché menu, réduit en poussière, anéanti par l'ignorance !

— « Un bon ouvrier aime son travail ! »,

Rappelait un père éploré - après avoir assisté, impuissant, au saccage de son poste ! à son jeune fils, qu'il serrait dans ses bras :

— « Ici, on aura constamment privilégié le travail bien fait ! »

Pourtant, les émeutiers et leurs acolytes peinaient à réaliser qu'ils étaient (enfin !) débarrassés de l'insupportable vue d'opulents et d'hommes de pouvoir, qui ne perdaient jamais une occasion d'exprimer leur agressivité sans bornes, en même temps qu'un insondable mépris envers ce qu'ils dénommaient « le peuple » : c'eût pu être l'occasion unique de s'organiser efficacement, en pleine et entière autonomie !

Mais des années de frustrations avaient provoqué un tel déferlement de colère qu'aucun argument n'était apte à l'endiguer : il fallait tout faire exploser !

Là, on se divisa, entre ceux qui voulaient continuer – s'approprier les postes d'encadrement et poursuivre les fabrications, depuis le faible nombre des établissements encore debout, et les multiples partisans de l'anarchie, qui voyaient, dans l'« Ultime Désorganisation », le remède à leurs souffrances.

La tentative échoua d'instaurer la moindre norme.

Plus de « Nation » ni de « Collectivité » !

De folles ruées déferlaient …

Quant à la Direction elle-même des « États » (de ce qu'il en restait), quant aux Centres Spatiaux, aux Unités de Production, à la Recherche Scientifique … : ce fut fort peu agréable, de lynchage en lynchage, de réaliser qu'il ne restait plus personne pour y pourvoir !

Plus un intellectuel !

Concomitamment, des meutes, davantage déchaînées, continuaient à tout détruire sur leur passage …

Sans s'en douter, on forgea, aussi rapidement qu'exactement, toutes les conditions d'une inhumaine « Troisième Guerre Mondiale ». À la façon de ce qui se produit, parfois, dans un jeu vidéo, l'objectif ne pouvait qu'en être l'anéantissement, non seulement du genre humain, mais, de tous les règnes peuplant la « Planète Bleue » !

Dès le départ, partout, de nuit comme de jour, ce ne furent plus que batailles rangées !

Armements déployés !

Entre-temps, aiguillonnés par cette autocratie qu'ils désiraient depuis fort longtemps – l'ayant réclamée à cor et à cri, une poignée de généreux téméraires du clan des « anars » se seront bravement pris au jeu : se jetant en travers des fleuves humains pour les endiguer ...

S'y noyant irrémédiablement !

Comme ils animaient bientôt quelques bouillonnantes communautés locales - aussi pleines de verve que d'une fanatique et réflexe « Vie », un nouvel « Ordre du Monde » - au moins provisoire, émergea, à mesure, faisant fi des anciennes frontières instituées.

Ces inédites « Familles » s'enflaient par une mutuelle reconnaissance, au gré d'identités évidentes.

L'étranger s'avérait impitoyablement chassé, quand on ne l'exécutait pas !

Alors, le communautarisme opéra ses ravages, matériels et intellectuels !

Du fait que les anciennes délimitations avaient été tracées, par d'ex « Officiels » : sans aucun respect des us et coutumes locaux ! nul ne regretta cet arbitraire découpage, qui fut, d'emblée, allègrement bafoué.

Les « Nations » n'existèrent plus !

Cependant, à tort ! nul ne se méfia du « tribalisme » - un insensé clanisme, qui apportait, avec lui, les effluves d'un sectarisme sans bornes, appelant à de multiples inédits clivages, qui allaient défigurer des régions entières : attisant, irrémédiablement, les disparités, les haines, les revendications et la soif de vengeance !

Peut-être est-il parfois bon de mêler des âmes dissemblables !

C'est, en tous les cas, très certainement, le moteur essentiel de l'Évolution :

— « Rassembler les divergences ! »

Parallèlement, les prévisions ne laissaient toujours qu'une cinquantaine d'années de vie, à la planète exsangue, dont, à défaut d'entrevoir le remède au Mal qui la rongeait, chacun s'employa, malgré les contraintes, à profiter de son mieux !

Entre deux beuveries, l'on s'étripait méthodiquement, l'on ravageait et pillait avec largement autant de cynisme !

De combat en combat, d'immenses étendues furent bientôt ramenées à l'état de déserts.

À tout instant, au cours de ces exactions répétées, chacun guettait ladite « Grande Catastrophe » : tendant l'oreille, se ruant, à la plus infime métamorphose ambiante, sur les lunettes et les dernières paires de jumelles, que l'on s'arrachait sauvagement – quand ce n'était pas déjà la terre qui tremblait, l'eau qui ruisselait ou le feu qui mordait …

Plusieurs alertes secouèrent les populations : lorsque les grands barrages s'effondrèrent, un à un, faute du plus élémentaire entretien, puis que les centrales nucléaires furent la proie de réactions incontrôlées, finissant par fuir et polluer, pour des siècles, de vastes territoires …

Scrutant le firmament, jusqu'à présent, l'on n'avait observé que quelques chutes de météorites – des impacts sans réelle gravité ; mais la voûte céleste elle-même semblait modifiée, glissant imperceptiblement : adoptant, insensiblement, l'amorce d'une orientation que l'on ne connaissait pas.

Fiévreusement, chacun la scrutait, dans le vain espoir d'anticiper un désastre programmé !

Unanimement, des grappes humaines ressassaient, sans trêve, chaque épisode de l'horrifique vision :

— « De façon imminente, la Terre menace de basculer, ses pôles de s'inverser, un incendie généralisé de répondre aux tempêtes solaires croissantes, tandis qu'éruptions, séismes et tsunamis se multiplieront … »

C'était insoutenable !

Entre les massacres, on jouissait, donc, de façon redoublée : une seconde de vie apparaissait comme un don fabuleux !

Chaque jour qui se levait portait un espoir insensé !

Toutefois, l'homme était, de plus en plus franchement, devenu « un loup pour l'homme » : invariablement, les Clans, dès leur sécurité et leur autonomie renforcées, se jetaient les uns sur les autres, s'écharpaient avec tout ce qui leur tombait sous la main, après avoir revendiqué une colline, une falaise, un éboulis, un point d'eau …

Ces escarmouches, ces sanglantes rixes qui faisaient rage - partout présentes, aussi multiples qu'informes, auraient littéralement pu se dénommer « Troisième Guerre Mondiale », s'il y avait eu des politiciens ou des historiens pour les qualifier.

Mais il n'y avait plus de Culture !

A fortiori, aucun érudit apte à consigner les faits et gestes spontanés de ces tribus rendues à la sauvagerie primordiale : ces hordes, à mesure davantage sanguinaires, mues par les plus vils instincts ! tiraient à hue et à dia dans toutes les directions, mettant à mal et fragmentant irrémédiablement une « Mémoire Collective » et une « Dignité Humaine », qui n'auront jamais été autant bafouées !

Tandis que, sur Terre, les batailles se généralisent - embrasant jusqu'aux régions les plus reculées, la file des vaisseaux spatiaux progresse …

Un peu comme au cours d'une croisière de plaisance ou d'un safari distrayant, les « Nantis » se bousculent devant les écrans qui montrent des vues du sol que l'on vient de quitter.

Partout, ce sont d'effroyables carnages !

Un dédale d'éboulis et de cimetières improvisés !

L'« Ordinateur Astrologue » montre, cependant – pas si loin que cela dans le Futur ! un jeune homme, flanqué d'un chien, qui s'emploie à d'impossibles réconciliations, pour pacifier la « Capitale » : sûrement finira-t-il par se résigner, comme les précédents !

Certains s'inquiètent - mus par une louable intégrité, de ce fait que l'on aura laissé la barbarie envahir la totalité d'une planète sur laquelle, du coup, on se voit mal revenir !

Ceux-là s'en désoleraient :

— « Toute forme ou trace de réflexion semble avoir – au moins momentanément, disparu de la surface de la Terre ! »

À l'inverse, leurs acolytes rient, franchement égayés par le spectacle mouvementé auquel ils assistent, en public privilégié.

Cependant, lesdits Magnats, malgré leur science et leur technique, n'atteignaient toujours pas Mars.

Le fier Marcus y veillait.

Notre ingénieux patron de la Mafia, qui avait été promu, à la suite de multiples tractations, « Commandant de la flotte », réfléchissait – sournoisement ! aux procédés qu'il devrait employer pour s'approprier les fabuleuses richesses … et des futurs Martiens, et des Terriens !

Ne sachant encore s'il résiderait sur l'une ou l'autre de ces planètes …

À chaque instant, incapable de se décider, afin de se donner davantage de marge, il optait pour l'itinéraire le plus alambiqué et les manœuvres les plus lentes …

D'où, de retard en contretemps, d'incident en avarie, le voyage finit par s'allonger démesurément !

Tandis que notre brigand ourdissait ses tortueux desseins, s'en frottant les mains, à l'avance, animé d'une pleine et entière satisfaction, sous l'impulsion des nombreux ingénieurs présents – parfois étonnés de ces avatars ! la cohorte des engins recalculait, sans cesse, sa trajectoire.

Paraissait, régulièrement, reculer !

D'où, nos capricieux et gâtés passagers finirent par en découdre, eux aussi, avec une violence accrue : les « Pacifistes » et les « Pro-Guerre » en venant, ouvertement, aux mains !

La majorité, en outre, piaffant d'impatience !

Donc, en plusieurs points de la galaxie, cette particulière agressivité - à la racine de la terrible humanité, se manifesta sans limites, faisant, alentour, abondamment parler d'elle – en mal plutôt qu'en bien !

— « Encore eux ! »

Soupirait-on, devant chaque destruction, chaque incartade, chaque tuerie …

En effet, pour les autres peuples – ceux que l'homme dénommait, du haut de sa superbe, « extraterrestres » (en fait, ils s'avéraient fort nombreux et venaient de partout !), c'était devenu, un peu, comme un immense zoo à ciel ouvert :

— « Regardez, là ! »

De nombreux curieux - de toutes espèces, se pressaient derrière diverses sortes de télescopes, pour observer un genre bizarre, dont on savait mal prévoir les réactions.

— « Maman, ils se battent !

— On dirait qu'ils s'arrachent des objets !

— Il y a un groupe qui fuit !

— À droite, une bombe qui éclate !

— Une ville en feu ! »

Suivant, de près, chaque péripétie d'affrontements interminables, on se sentait … mi-amusé, mi-inquiet :

— « La guerre peut-elle s'étendre, jusqu'à contaminer l'entièreté du Cosmos ? »

À mesure, la rumeur enfla :

— « Je n'aurais pas voulu être un homme ! »

Ni de ceux qui voyageaient, perdus dans un Espace qu'ils ne maîtrisaient pas suffisamment, ni de ceux qui étaient retournés à l'état sauvage, souffrant, en outre, des multiples catastrophes naturelles qui modifiaient – inexorablement ! les paysages terrestres :

— « Érigeons un mur infranchissable entre eux et nous !

— Une barrière magnétique !

— Évitons tout contact ! »

On ne souhaitait, effectivement, aucunement, nouer le dialogue avec ladite Race Maudite – qui l'eût assurément refusé, répliquant par son usuelle agressivité !

Infailliblement, on craignait d'être étripé soi-même !

Cependant, ces étranges spectateurs analysaient – froidement ! chaque méandre de l'inexorable Chute d'une Espèce Déchue …

Toute « Civilisation », quelle que soit sa planète d'origine, s'accordait à se féliciter de ses propres divergences d'avec ladite « Souche Dégénérée » - celle qui avait hanté la belle « Planète Bleue » et dont fort peu, en fin de compte, souhaitaient sincèrement la survie :

— « Éliminons-les ! »

Devint un prétexte de ralliement.

Une « mort programmée » parut, progressivement, constituer la meilleure solution à la belliqueuse invasion d'un genre honni, qui risquait de propager son mal-être aux confins de l'Univers :

— « Éradiquons les rameaux malades ! »

Ne devenait plus une si folle idée.

Une « Conspiration » se forgeait - enflant rapidement, de façon à organiser l'anéantissement définitif de l'embranchement humain.

— « Unissons-nous contre Eux ! »

Vulcor en revendiqua la direction - lui qui en avait secrètement fomenté l'apparition, l'ayant ensuite créée de toutes pièces, puis, enfin, amenée à grossir démesurément :

— « Nous, Humanoïdes Pacifiques, nous nous devons de nous protéger, en tuant dans l'œuf la vague pugnace en provenance des Terriens ! »

Deux têtes grandissaient, d'ailleurs, profitant des bouleversements planétaires : autant Marcus – cet ignoble secret patron de la Mafia qui, commandant la flotte partie vers Mars, en retardait l'arrivée, que Vulcor, qui, ébahi ! puis, à mesure, durablement épouvanté ! rêva d'un massacre global, sans distinction de caste, de l'intégralité de ce qui restait de l'humanité.

À l'opposé, « Angel le Fourbe » provoquait moult atermoiements : lui comptait bien continuer à profiter de ceux dont il se faisait progressivement des « esclaves », s'étant arrogé l'indéfectible soutien des « Mages » terrestres et briguant une définitive efficiente Alliance avec la Triade.

Ces « Hommes », agressifs et orgueilleux, il fallut vraiment la passion de quelques « Ethnologues Interplanétaires » convaincus – employant, pour leur défense, un arsenal d'arguments - d'ailleurs plus ou moins fallacieux ! de façon à ce que l'on retarde ledit projet, pudiquement qualifié d'« Extinction Globale », qui permettrait de récupérer, par la même occasion, une « Terre » dont les derniers soubresauts intéressaient, au plan scientifique.

En fin de compte, heureusement pour leur survie ! les ultimes représentants de la race maudite – un peu à la façon de primates, ébaudissaient follement les foules.

Le public applaudissait autant les infortunés qu'il voyait crier et se battre, parce qu'ils se croyaient perdus en route, dans leurs luxueux vaisseaux spatiaux, que les pauvres hères, dont il suivait attentivement les âpres luttes, menées avec des armes et des outils très primitifs, revendiquant le moindre arpent d'une planète, désormais, empoisonnée et rendue à jamais stérile !

Le plus drôle est que le « Pouvoir Terrestre », depuis l'enfilade des fusées, entendait encore commander, sur un sol devenu considérablement lointain : de là-bas, on aurait pu percevoir, par à-coups, des semblants d'« Ordres », qui paraissaient fuser de nulle part !

Personne ne s'attardait à les capter, bien sûr !

D'autant que l'on n'aurait pas su le faire !

Enfin, même reçus, ils eussent été instantanément haïs, piétinés, conspués !

Leur indéchiffrable contenu demeurait donc, à jamais, lettre morte : risquant juste, à chaque inopiné envoi, d'engendrer de nouveaux prétextes à l'aversion généralisée !

Il est vrai que, même présents sur le sol terrestre, Magnats et Dirigeants vivaient déjà dans une autre sphère que le « vulgum pecus » : leur considérable fortune, en effet, induisait un mode d'existence qui les coupait littéralement de l'individu moyen, a fortiori de la majorité, éplorée, des faibles et des pauvres !

D'où, aura jailli cette insondable et inendiguable colère, qui répandit, rapidement, partout, ses ravages :

— « Détruisons le Système ! »

La révolte - largement partagée ! avait torpillé les rares essais successifs de reconstruction, puis, anéanti définitivement toute « Culture » – parce qu'on ne communiquait plus en rien !

De son côté, Marcus triomphe infailliblement - comme nous l'aurons auparavant souligné, ayant amplement profité de ses prestigieux premiers mois de voyage !

Son incontestée actuelle suprématie lui permet, désormais, de diriger (au moins en apparence) « sa » flotte, en arborant des airs davantage supérieurs.

On le saluera bien volontiers, incommensurablement flatté s'il vous accorde un regard !

Lui ne répondra pas forcément, perdu dans ses ignominieuses pensées …

Asseyant son incontestable fulgurante réussite, l'officier est considérablement épaulé par un physique trapu mais puissant et harmonieux - doublé d'une morgue et d'une faconde naturelles, un port de tête altier allié à une souple gestique : un magnétisme, enfin, émanant de toute sa personne, qui aura fini par conférer un indéniable vernis d'autorité à la moindre de ses remarques.

Quant à ses conseils prétendument avisés, les Potentats, qui vivent sous sa dépendance, auront pris le pli de les suivre, de plus en plus fidèlement, tant il excelle à les bafouer !

Or, il est indéniable que cet individu — fort peu recommandable ! s'emploie, en parallèle - à l'insu de sa hiérarchie, à se maintenir à la tête de la Mafia terrestre — « son Organisation ».

Après l'avoir, de toutes pièces, créée - puis complexement ramifiée, il en sera resté, durant des décennies, l'unique mentor : la poussant, sans cesse, à étendre son secret maillage sur l'intégralité des continents.

D'où, à temps perdu, lors de chacune de ses pauses, ses nombreuses indues tentatives de communication : par la force des choses, ses injonctions seront, le plus souvent, comme les autres, laissées sans réponse !

N'est-il pas curieux qu'un Amiral puisse formuler :

— « Emparez-vous de l'Usine d'Automates !

— Dérobez des spécimens de la nouvelle série des robots !

— Armez nos drones, qu'ils attaquent les bandes !

— Videz la capitale des derniers « anars » ! »

D'un orgueil et d'une cupidité illimités, nul ne se sera aperçu à quel point il aspirera, sans relâche, à réunir l'ensemble des conditions de l'instauration d'une dictature toute personnelle : qu'il n'envisage, d'ailleurs, que la plus universelle — un pouvoir total, sans foi ni loi !

C'est pour cela qu'il s'active, jusqu'à la limite de ses forces et de ses possibilités, à maintenir ces fragiles impossibles contacts privés avec ses subalternes, demeurés sur Terre.

Malgré qu'il ne puisse, désormais, davantage se fier à la plupart d'entre eux, du fait de l'inquiétant silence – une chape de plomb ! qui remonte de là-bas, quelques-uns - malgré la distance et en dépit de leur faible nombre, sembleraient presque lui obéir encore : aveuglément !

Un seul être, en fait, un automate bouillonnant, largement aussi intrépide que lui ! parviendrait, ultimement, à contrer ses ténébreux desseins.

Misor aura intercepté et décrypté plus d'un message, renvoyant des faux, pour brouiller les pistes, le tout, enfin, sans que Django s'en doute : son objectif ultime est de mettre à profit la dissolution de la Triade pour instaurer le règne des Automates !

Et le sien, par la même occasion !

D'où, le triomphant dangereux Marcus devient, progressivement, sa principale cible.

Ce qui retourne des missives qu'envoie cet énergumène, c'est que son objectif premier consistera à s'emparer de l'Usine de fabrication des Automates – la seule encore debout ! à partir de laquelle il compte autant fabriquer son armée personnelle qu'y puiser, ensuite, les représentants de sa garde rapprochée.

C'est un inestimable vivier en puissance, qui devrait lui assurer la mainmise sur l'entier monde des Hommes !

Cependant, par l'intermédiaire de Misor, son chef, la « Congrégation des Automates » est au courant de ce sombre projet, dont elle connaît tous les détails.

D'où, elle ne rêve que de s'opposer - davantage ouvertement ! aux ourdissements de la pègre.

L'enjeu sera rapidement devenu : Misor contre Marcus !

Depuis peu, d'ailleurs, les robots, réunis, auront peaufiné le mode opératoire qui conduit, sans recours possible ! à l'autosabotage des automates que la Mafia déroberait.

Marcus, de ce fait, n'est pas aussi puissant qu'il le croit !

Enfin, pour leur part, ses frivoles riches passagers – ignorant les abîmes vers lesquels il les entraîne, outre de périodiques pugilats, auront fini par inventer - trompant l'ennui ! tout un réseau de distractions, de façon à confortablement passer le temps, sur leurs respectifs vaisseaux.

Les meilleures occasions de se réjouir proviennent de la récupération de quelques bribes de films - pris de tout près ! parmi les séquences que continuent à enregistrer de rares automates (ceux qui fonctionnent encore), répartis un peu partout sur la planète mutilée.

Les scènes peuvent en être repassées à l'envers et à l'endroit, ralenties ou accélérées …

On éclate de rire, en suivant les hagardes tribus affairées, qui ne conspirent, en fin de compte, que pour s'entretuer.

Elles y consacrent, en effet, l'intégralité de leurs efforts et de leurs facultés !

On scrute leurs troupes, au long de ravins et de gorges plus dévastés les uns que les autres, escaladant des cimes à demi éboulées, rampant le long de dunes désertiques, s'étouffant de l'air épais et vicié, s'empoisonnant des eaux irradiées …

Lesdites cohortes se réduisent à des familles, bientôt décimées …

Seuls restent quelques attroupements, prisonniers au sein de la « Capitale » !

Outre que c'est beaucoup plus captivant qu'une ordinaire aventure cinématographique, des défis peuvent être lancés, autour des réussites et défaites de chacune de ces sauvages fratries, ce qui suscite une foison d'enjeux nouveaux, pittoresques, véritablement palpitants :

— « Dix contre un sur les chevelus !

— Ma chaîne en or sur les femmes cultivatrices ! »

La principale – interminable ! partie consiste à déterminer - avec une précision maximale ! la « Date » exacte à laquelle se produira l'ultime « Grande Catastrophe ».

Là, calculant dru, on en oublierait l'ordinaire attrait de l'usuel Casino :

— « Plus que trente ans ! »,

Auront affirmé de doctes experts.

— « Plus !

— Moins ! »

Ces mises permettaient d'occulter le terrible Pari que l'on avait osé poser, sur l'Avenir !

Ce faisant, nos Magnats ne s'étaient pas rendu compte qu'ils évoluaient, déjà, dans un autre « Espace-Temps ».

Une bien différente « Dimensionnalité » !

D'où, eux aussi commencèrent à perdre de vue l'« Histoire » : la « Grande » comme la « Petite » !

N'étaient-elles pas, d'ailleurs, indissolublement liées ?

Ne s'originaient-elles pas, pareillement, des profonds sentiments du moindre des « Concitoyens » qui l'éprouvaient et la / les subissaient ?

« Si les extraterrestres nous rendent visite un jour, je pense que le résultat sera semblable à ce qui s'est produit quand Christophe Colomb a débarqué en Amérique, un résultat pas vraiment positif pour les Indiens... ».

Stephen Hawking.

10.Vulcor – L'Assemblée Universelle

Se moquant des hommes – et ce, d'un commun tacite accord ! de nombreuses Formes d'Intelligence, d'une innombrable variété, provenant des horizons les plus divers, en étaient venues à, très régulièrement, se réunir à leur sujet : que pouvait-on faire, pour endiguer cette contamination, qui finissait par menacer l'entièreté de l'Univers ?

— « Nous sommes pacifiques »,

Affirmaient les principaux membres de la « Confédération » ;

— « Mais, combien de temps devrons-nous tolérer qu'à nos portes, la guerre fasse rage ? »

Le chef le plus véhément restait celui que nous avons déjà mentionné : l'intrépide Vulcor, qui, infailliblement, réussissait à entraîner, à sa suite, la majorité des humanoïdes.

Lui, depuis les prémices d'un mouvement qu'il avait lui-même provoqué, s'érigeait en adversaire inconditionnel de la race humaine :

— « Ces Terriens propagent une pollution physique et psychique dont nous, Dynasties Évoluées, n'avons pas à faire les frais ! »

Vulcor ne représentait, cependant, pas l'unique courant de pensée, dans l'« Alliance Universelle » - bien bigarrée ! d'où les reparties fusaient en tous sens.

Son opinion, pour une fois, s'avéra durement contrée :

— « Les civilisations humaines ont créé, dans tous les domaines, à leur façon particulière ! »

Ce à quoi notre valeureux indomptable mentor répondait - invariablement :

— « Quel règne n'auront-ils pas empoisonné ? »

Là, Minéraux, Faune et Flore demeuraient muets !

Mais quelques contestataires, davantage virulents, reprenaient :

— « Nous ne pouvons pas nous arroger le droit de les détruire ! »

Vulcor, du haut de sa grandeur, se moquait d'eux :

— « Nos réalisations ne sont-elles pas incommensurablement plus avancées ? Infiniment respectueuses de l'Élan Vital qui nous porte ? »

Les Traditionnalistes s'en mêlaient alors, ajoutant leurs arguments propres au débat qui enflait :

— « C'est, tout de même, un patrimoine considérable et spécifique que – malgré le fait que nous soyons davantage capables, aujourd'hui, nous ne devons absolument pas négliger ! »

Singeant leurs tournures, le chef ironisait finement :

— « En somme, cette « Culture Primordiale » vous rappelle vos propres racines ! »

Mais un vieux professeur secouait doctement la tête :

— « Notre cheminement ! Notre Histoire ! »

Si l'on observait finement cette incongrue Assemblée, les bouillonnants androïdes ne s'avéraient, d'ailleurs, pas nécessairement les mieux doués ni les plus accomplis de ces étranges aliens, loin de là !

Parmi les Figures largement Divergentes, on aurait pu s'attarder à contempler Déclan : un splendide guide spirituel, de l'ordre des Végétaux ; ou écouter Silas, un brillant orateur – un solide roc qui, de façon strictement naturelle, finissait par trôner, au sein de masses minérales en perpétuel mouvement … :

— « Nous le constatons respectueusement : c'est vous, la race androïde, qui vous montrez, de loin, la plus violente et la plus pugnace ! »

Du côté des représentants apparentés à la Faune et à la Flore, les applaudissements crépitèrent !

Tardamen, qui gouvernait les Créatures aquatiques – se départissant de son usuelle timidité, renchérit soudain :

— « Avez-vous déjà oublié vos propres combats, multiséculaires ? »

Déclan ironisa gentiment :

— « Après tout, les actuels Hommes ne font que vous imiter ! »

Silas renchérit :

— « Reproduire, dans la foulée, d'identiques errements ! »

Avant que Tardamen ne puisse conclure :

— « Qui sait si, finalement, ils n'arriveraient pas à des Civilisations aussi complexes que les vôtres ? »

121

Le solide conglomérat de ces « Raisons » - profondément in-conciliables ! ne pouvait que laisser notre « Assemblée Universelle » infiniment perplexe : tournant inlassablement en rond, au gré des ar-guties de chacun !

— « Nous devons tout faire en vue de l'« Entente Univer-selle » ! »

Hurlaient de grands singes, qui considéraient, avant tout, les progrès de leurs propres Nations balbutiantes ;

— « Extirper les ramifications malades ! »

Renchérissaient les armées de Vulcor, bien organisées et prêtes au combat ;

— « Dynamiser les forces de l'Union ! »

Essayaient de conclure, bien plus pacifiquement, Flora et ses voisines :

— « Mais dans le respect de l'Élan Vital ! »

— « Renforcer notre Alliance ! »

Le slogan agita les bigarrées rangées des participants.

L'important était de garder le contrôle, sur un Cosmos que l'on rêvait, pacifié !

S'engouffrant dans la brèche - à peine ouverte, sans se dépar-tir de leur légendaire impavidité, des érudits, des anthropologues et des paléohistoriens, notamment, réaffirmèrent, haut et fort, que l'en-semble des races que la Vie aura patiemment forgées s'avérait, en to-talité, indispensable : c'est pour cette « Cause Globale » qu'il leur sem-blait impossible de prendre la décision d'anéantir les Hommes !

— « Chaque Branche est le témoignage d'une forme d'Évo-lution dont nous devons précieusement conserver les traces ! »

Rappelèrent, avec une particulière insistance, ces garants de la Culture - scandant leur maxime ! qu'ils n'hésitèrent pas à réitérer abondamment.

De plus, depuis quelque temps, Mistigri, l'espion que l'on avait délégué, d'un commun accord, sur la planète Terre – réchappé d'une attaque meurtrière, rapportait qu'une force conciliatrice semblait émerger !

Un jeune homme, un peu isolé, certes, mais flanqué d'un robot de qualité, pouvait, peut-être, réinstaurer un peu d'ordre dans la Cité anéantie :

— « Ils ont un actif Médiateur ! »

Était remonté, comme un argument choc !

— « Et pourtant ! ... »

Soupirait, à nouveau, la clameur universelle, en dépit de cette inédite espérance qui s'ouvrait : ne risquait-on pas de porter, jusqu'aux confins du Monde, une formidable violence, polluant, irrémédiablement, un premier ensemble d'êtres fragiles – à peine conçus, tout en ranimant les formidables ancestrales querelles des Civilisations dorénavant les plus Sages, qui ne pourraient, alors, qu'inéluctablement régresser ?

— « Peut-on laisser les Hommes répandre partout la guerre ? »

L'interrogation, ainsi formulée, s'enflait, grondait, se répercutait ... :

— « C'est leur esprit, leur façon de penser, qui est totalement erronée ! »

Renchérissait Vulcor :

— « Ne pas révérer l'Élan Créateur, défigurer et polluer, à grande échelle - au mépris des plus élémentaires structures vitales !

123

Au risque d'engendrer d'imparables modifications environnementales – dont génétiques ! »

Notre mentor terminait, inquiet :

« À propos desquelles il n'y aura pas de retour possible ! »

Le genre humain réussirait-il à dévier le « Sublime Projet Global », cet « Idéal Spirituel Universel » auquel chaque Espèce savait, intimement, qu'elle apportait son indispensable contribution ?

À mesure que l'on prêtait attention aux uns et aux autres, pesant chaque proposition et son contraire, les rangs du public se firent davantage houleux :

— « Pour l'Extermination ! »

Alternait avec :

— « Respect ! Liberté ! »

Il était rare, dans ce cénacle, que se multiplient, ainsi, les opinions divergentes.

Et pourtant, cette fois-ci, de façon inédite, on peinait à trouver un accord.

D'autant plus qu'« Angel le Tentateur » (on lui avait attribué une foule de sobriquets !) - un personnage fort peu recommandable, que l'on n'appréciait guère, en général, s'en mêlait insidieusement :

— « Les Terriens ont droit, eux aussi, au bonheur ! »

Répétait-il, inlassablement.

Vulcor devint furieux.

Tout le monde, en effet, s'accordait à reconnaître que ledit « Angel le Sournois » avait largement intérêt à vouloir s'approprier, par la ruse, un genre terrestre qu'il projetait de domestiquer, à son exclusif profit.

124

N'avait-il d'ailleurs pas entretenu, depuis des Temps immémoriaux, des contacts répétés, avec les pires représentants de ladite race ?

Ne courtisait-il pas ses « Mages » ?

Marcus en personne ?

Qui lui apportait, sur un plateau doré, quasi menottés, les Dirigeants d'une « Civilisation » amplement déchue ?

N'avait-il pas répandu ses propres espions, partout, sur la Terre : dévolus, ceux-là, à son seul service ?

Dont l'actif Mistigri – à propos duquel chacun se doutait qu'il menait un double jeu.

L'on racontait, entre soi, que, si Angel cherchait à se concilier les Hommes, c'était dans le but de les faire descendre, moralement, si bas, qu'ils ne pourraient que devenir son servile troupeau !

Des esclaves, qui lui obéiraient au doigt et à l'œil !

Finalement, guidés par les Faunes et une importante Flore, bénis par les respectueux Arbres, approuvés par les Minéraux – qui vivaient et ressentaient, davantage, dans de longues Durées, les dirigeants des différents Règnes votèrent le report de toute décision :

— « Laissons réagir leur Planète ! »

Auront, avec une insistance particulière, demandé les « Sages » :

— « C'est à Elle - et à Elle seule, d'avoir le dernier mot : et ce, en parfaite autonomie !

— Laissons opérer la Vie ! »

Rassérénés - la dissension entre le strict Vulcor et « Angel le Menteur » quelque peu étouffée, un espoir universellement reporté sur Mistigri - puisqu'il contentait secrètement, jusque-là, les deux partis, les membres de l'« Alliance Universelle » chantaient en chœur, en quittant, quelques jours plus tard, le vaste cercle : décidés à mener à bien une durable « Résistance Passive » contre l'« Agressivité Humaine », qui menaçait tragiquement l'intégrité du « Développement Cosmique ».

Leur volontaire neutralité devrait éviter, pour un temps, l'intervention directe, certes : mais, en conscience, chacun conservait un subtil mélange de regrets et de remords, se demandant, malgré lui, si cela serait suffisant !

En tous les cas, en cette fin d'une énième Réunion, qui échoua, inéditement, à ramener la « Pacification » tant espérée, cela ne suffit pas à entamer la gaieté des uns et des autres …

Non contents de chanter, l'on dansa !

Une certaine hypocrisie régnait, toutefois, parmi ces participants complices, en ce fait – avéré ! que l'ancestrale « Bataille Sidérale » avait, déjà, plus ou moins insidieusement repris, même si ses effets restaient encore larvés.

Chacun convoitait de tirer à lui la couverture et, pourtant, officiellement, tous affichaient un amour sans restriction pour leur Prochain !

Les forces minérales et organiques, dont plusieurs courants divergents émergeaient, s'alliaient, globalement, contre les spécifiques humanoïdes, accusés de tous les maux – particulièrement d'irrespect, d'orgueil et de bellicisme.

Puis, les factions elles-mêmes des androïdes se dressaient les unes contre les autres, mues, aux deux pôles, par d'inconciliables opposants : Vulcor, qui se targuait de représenter les « Forces du Bien » - tout en haïssant le genre humain, et Angel, qui riait ouvertement de ses propres méfaits, flattant ladite race inférieure, dans son insensé désir de faire main basse sur la totalité de la riche planète qui lui paraissait nommément dévolue.

Enfin, c'était sans mentionner les premières civilisations d'Automates, qui venaient de voir le jour, et dont on ne savait encore quelle serait leur position commune, à propos des usuels grands débats ...

Eux vivaient, matériellement, bien différemment !

Pour ce qui retourne de l'antipathie qu'éprouve, alors, Vulcor, celui-ci ne décolère pas de ce « Pouvoir », qui est subitement venu à l'espèce maudite.

Qui aura désiré lui faire cadeau du « Vœu » ?

Quel est l'insensé qui lui expliqua ce geste - aisé, par lequel n'importe quoi peut se matérialiser, au gré des désirs de celui qui en trace, en l'air, la simple image ?

C'est d'autant plus dangereux que l'on ne sait pas apprécier dans quelle mesure la pauvre race dégénérée l'aura compris et acquis.

D'où, l'Alliance ne cerne que très approximativement les limites ou les particularités que ce fabuleux « Don » aura adoptées, par le biais de ces stupides mains !

Angel s'interroge, lui aussi, sur ce cadeau qui aura été fait aux Hommes.

Sachant qu'il ne vient pas de lui-même - comme le soupçonnent ses adversaires, il imagine, dans leurs rangs, quelque traître, ou un mafieux.

Cependant, il s'en trouve, lui aussi, infiniment contrarié, dans la mesure où cela pourrait finir par déranger ses propres projets ... :

— « D'où vient donc le Pouvoir extravagant des hommes ? »

Depuis le lieu de son exil, tout en vaquant à sa tâche – et en maudissant, parfois, cet inconfortable métier d'espion, se remettant mal de ses blessures, Mistigri – commanditaire d'un Peuple majoritairement Vénusien, se sera, à cent reprises, posé la même question : le

« Pouvoir », que manifestent les primates qui l'entourent, reste un mystère, à ses yeux.

Certes, ce n'est pas démesurément dangereux – lui-même « peut » bien plus ! principalement du fait qu'ils n'en ont pas vraiment cerné la réelle portée.

Pourtant, si la « Confédération Universelle » ne réagit pas - continuant à les laisser agir à leur guise, ils en prendront inéluctablement conscience : là, ce peut devenir particulièrement redoutable !

De son côté – non loin de là, Misor, tout en veillant son maître, rumine, en pensée, les bribes des souvenirs que les « Archives Akashiques » lui permettent de lire – il faut reconnaître qu'elles lui sont partiellement fermées, depuis qu'il a décidé de se rebeller et d'entraîner l'ensemble des Automates terrestres dans sa Révolution.

Mais l'image, figée tout d'abord, s'anime et prend vie.

Le vieux robot découvre, au fil du décryptage de ces ancestrales traces mémorielles, quelques péripéties, liées à l'entrée de Gardhamond, l'un des généraux de Vulcor, dans la Capitale : il était déguisé, certes, mais son identité d'alien serait restée perceptible à toute intelligence supérieure.

Puis, le chien écoute, mentalement, l'étrange dialogue que ce complexe personnage aura tenté de nouer, avec quelques représentants de la Race Humaine, dont Djino, le père adoptif de l'actuel Médiateur, Django.

Et son inévitable chien-robot, Médor !

En tous les cas, l'étranger disparu, les Hommes s'exerçaient, subitement, à l'usage de leur inédit Cadeau : véritablement « tombé du Ciel » !

S'en félicitaient et en riaient !

Le Saint-Bernard ne verra cependant pas Gardhamond rapporter le succès de son étrange Mission à l'anthropologue Vérantis, l'instigateur de ce fou projet.

Celui-ci, en effet, voulait éviter l'extinction de la race humaine, qui constituait son passionnant sujet d'études, depuis des décennies.

Nantis du « Don », les survivants de la planète Terre, en dépit de la stérilité du sol qui les accueillait, pourraient se nourrir et assurer leurs besoins primordiaux.

Il serait toujours temps de le leur retirer, le moment venu de l'inéluctable émancipation !

— « Ils pensent vivre dans un Éden ! Mais retrouveront bientôt une Condition davantage terrestre ! »

Concomitamment, Vérantis avait personnellement suggéré et - en fin de compte, délibérément octroyé, une formidable « Mission », aux plus repentants de ces primates : ressusciter, une à une, l'ensemble des Figures qui avaient été créées dans leur fabuleux environnement planétaire : d'où, la création du « Domaine », que peuplaient, désormais, d'actives voyantes …

En fait – émergeant, à demi, de son angoissant songe, un seul danger menaçait véritablement Misor.

C'était que naisse - de façon bien improbable, il est vrai ! une progressive affinité entre Vulcor et Django.

Certes, ils étaient (secrètement) biologiquement apparentés - le premier, à son insu, ayant engendré le second.

Mais, s'ils s'estimaient et se reconnaissaient, soudain, l'ensemble de la « Confédération Universelle » pourrait s'allier à la Race Maudite qui peuplait la Terre.

Or, cette éventuelle renaissance d'une Civilisation humaine, Misor ne la supporterait pas !

« Chaque fois que je vois le nombre 1 [que nous traduirons, ici, par : « Un », l'« Élan Créateur »], j'ai envie de l'aider à s'échapper... Il a constamment à ses trousses, derrière, le zéro qui veut le rattraper et devant, toute la mafia des grands nombres qui le guettent. »
Romain Gary.

11. Marcus – Les Ramifications de la Mafia

Si la Mafia terrestre manquait d'efficacité, c'est que, jamais – au grand jamais ! Marcus n'accepta de céder son titre de « Patron ».

Il voulait impérativement, en effet, en demeurer - de façon occulte il est vrai, le Chef Suprême : incontesté !

Le silence dont était entourée sa secrète fonction le servait considérablement : on n'eût jamais soupçonné un personnage aussi en vue de s'impliquer dans de si viles manigances !

Seule son ambition démesurée l'y avait poussé, lui qui était intelligent et supérieurement formé.

Sa brillante carrière de Conseiller Politique – tressant et combinant de solides racines, autant officieuses qu'officielles, associée à ses incontestés talents d'Officier et de Pilote Spatial émérite, eussent amplement suffi à couvrir ses besoins !

Non, il voulait plus, toujours plus !

— « Le plein Pouvoir ! »

Martelait-il, en pensée.

Il aurait pu, en toute sincérité, ajouter :

— « La Gloire ! »

C'était, effectivement, ce que son âme - perpétuellement as-soiffée ! recherchait :

— « Un Renom Universel ! »

Tous les astres s'inclineraient, à sa seule vue :

— « L'Unique Patriarche ! »

Si folle s'avérait la démesure de son ambition que, s'il avait obtenu une pleine mainmise sur la totalité de la planète exsangue, il eût immédiatement œuvré pour l'étendre à l'entier Cosmos !

Il l'aurait alors façonné à sa main, en nouveau Gilgamesh, puisqu'il ne doutait pas, en son for intérieur, être lui-même un Dieu !

Quant à la « Grande Catastrophe qui se profile :

— « Dieu a épargné Noé ! Ziusudra ! Outa-Napishti ! Atra-hasis ! ... Je suis de leur Rang et de leur Espèce ! »

Puis, lorsque s'accentuera sa mégalomanie :

— « Je suis le « Miroir Inversé » de l'Élan Créateur, celui par Qui s'épand la Vie !

— L'Indispensable Source du Mouvement qui la sous-tend ! »

Cependant, il ne représentait plus, désormais, qu'un Dirigeant absent, pour les brigands qu'il fédérait.

Une cruelle aura, que l'on pouvait se permettre - enfin rassé-réné, d'effacer de sa mémoire !

Curieusement, il n'avait pas une seconde pesé le danger dé-coulant de l'inéluctable fracture qui n'allait que s'amplifier !

L'Élan Vital l'agrandissait inexorablement, d'ailleurs, à me-sure des modifications du Continuum Spatio-Temporel dans lequel évoluaient les fusées : parfois, on paraissait dévorer le Futur ; à d'autres moments, réintervenaient des Spirales issues d'Ères révolues !

Plus l'armada se manifestait géographiquement, moins elle existait, temporellement parlant !

Lorsque les Cycles Cosmiques s'en réemparaient, elle adoptait la consistance d'une simple vapeur, qui s'effacerait bien vite !

Ce qui accentua le fait que, exalté par la « Mission Martienne » qu'il avait en charge de mener à bien, Marcus en oubliait personnellement, parfois, jusqu'à l'existence de ses subordonnés :

— « Êtres vils et méprisables ! »,

Jaugeait-il témérairement.

La nécessité de son départ entérinée, ses successifs représentants terrestres ne furent, sciemment, désignés que par d'anonymes numéros.

— « Effacer le Nom revient à nier l'Existence ! »,

Supputait le mentor.

Cela ne conférerait, à ces fantoches, qu'un ascendant réduit sur leurs comparses !

Le patron déchu évitait, ainsi, de se dessaisir d'une prépotence qui eût, trop directement, procuré une foule d'alléchantes prérogatives :

— « Lorsque je reviendrai de Mars »,

Raisonnait notre cupide personnage,

— « Je reprendrai en mains toute l'Organisation ! »

Il jouait double :

— « D'ici là, je me serai assuré une place officielle d'envergure, parmi les Gouvernants. »

Mais il se leurrait sur un point essentiel : la prétendue fidélité de ses ex-acolytes.

Celle-ci se résumant à une instinctive et viscérale terreur, elle se dissiperait d'autant plus vite qu'il n'était plus là pour les effrayer davantage !

Déjà, même s'il l'ignorait, les langues se déliaient, on commençait à rire et plaisanter :

— « Qui va à la chasse perd sa place ! »,

Était malignement fredonné, au passage des quelques « gros bonnets » qui lui étaient restés fidèles, assurant la perpétuation du gang de « la Tour ».

Non contents de ne pas brimer ces expressions spontanées, ces derniers en sortaient raffermis dans d'inavouables traîtreux projets : une somme considérable d'expéditions vengeresses, qui leur assurerait la pleine et entière mainmise sur l'entière Hiérarchie !

Ce qui fait que, du haut de son Commandement de l'Escadrille des Exilés, Marcus verra les contacts, inéluctablement, s'espacer.

D'abord, perdant peu à peu tout sens, ils s'interrompront brutalement, par la faute d'insolubles difficultés techniques, certes, mais, surtout, à cause du gouffre abyssal que creusera une mutuelle incompréhension.

De là, un relatif flottement finira par régner, au sein de la massive fortification qu'occupent les serviles comploteurs et qui, cernée par l'épais Portail clos, semblerait dominer la Capitale déchue.

Symboliquement, bien que l'on ne sache plus soi-même en sortir, on en garde l'entrée !

En tout cas, l'Organisation assure une telle présence, à l'extrémité, que si, un jour, la circulation reprend, elle se trouvera aux premières loges :

— « On réinventera un octroi ! »,

Ricanent les conjurés.

Prendre le pouvoir, rafler les ultimes richesses, on n'y aura jamais eu que ces mots à la bouche :

— « On rançonnera les partants et les arrivants ! »

S'imaginent, ravis, les comparses réunis autour de bocks d'une bière bien fraîche : eux aussi, comme l'ensemble des citadins, usent, allègrement, du « Pouvoir » !

Au long de ces échanges, ils nourrissent, bien sûr, le fabuleux espoir d'accaparer, à leur unique profit, l'Usine de fabrication des Automates : la dernière production qui subsiste – on ne sait trop dans quel but ! et la seule source d'un conséquent revenu, ici.

Leurs inlassables sournoises rapines s'avèrent, d'ailleurs, des opérations que tous connaissent bien et dont, dans l'ombre, ils paraissent maîtriser la complexité depuis des Temps immémoriaux :

— « Quelle raclée on a flanquée aux Mistigris ! »

— « Ce n'est pas malin ! »,

Objecte, de loin, celui qui répond au numéro de « cent un ».

— « Pourquoi ?

— C'était bien mérité, pourtant ! »

Impossible d'expliquer à cette tablée d'imbéciles que le chef de leur bande étant l'espion attitré d'Angel, on serait quelque peu … alliés !

Enfin, il n'y aura pas eu trop de casse !

Toutefois, entre ces adeptes du secret – qui ne communiquent que de façon très cloisonnée, le résultat final de ce qu'il reste convenu d'appeler, entre soi, la « Grande Offensive », achève, progressivement, de s'opacifier.

En l'absence du « Manitou Suprême », l'objectif et les détails de l'opération deviennent irrémédiablement troubles !

Émanant d'autres chaotiques conversations avinées, une sourde rumeur finira par enfler démesurément, rallumant les rancœurs, alimentant de nouveaux clivages et générant d'inédites haines.

Inexorablement, les questions et les commentaires croissent et se multiplient :

— « En fin de compte, pour qui agit-on ? »

Effectivement, où était ce Chef, dont peu connaissaient le véritable prénom de Marcus ?

— « Pourquoi poursuit-on, inlassablement, d'inutiles expéditions ?

— Quelle récompense en retirera-t-on ? »

On avait soudain le choix.

Or, n'eût-il pas mieux valu s'affranchir d'une Autorité, dont l'inexistante incarnation montrait, par tous les bouts, son indéniable fragilité ?

— « Choisissons-nous un chef ! »,

Fusait de temps à autre.

De même que ce :

— « Finissons-en ! »,

Qui ponctuait de croissantes exaspérations, à mesure que l'on rentrait, bredouille, les mains vides, exténué et démoralisé.

Conciliabules, descentes dans les quartiers les mieux nantis, assauts et combats ne s'enchaînaient que machinalement, sans réflexion ni but suffisamment précis pour pleinement les justifier.

Les brigands, ne perdant rien de leur coutumière brutalité, paraissaient s'essouffler et se lasser, à la façon dont Django s'était fatigué, lui aussi, de son rôle de « Médiateur » …

Subrepticement, de ce double fait, la capitale adoptait, peu à peu, des us et coutumes bien différents !

Il s'avérait indéniable qu'une sournoise « Révolution » venait de s'y opérer, métamorphosant les rapports des uns et des autres.

En tous les cas, les bandes redressaient la tête !

Si Hua se félicitait, ouvertement, de l'amenuisement des interventions du formidable armement de la pègre, Pedrel et ses comparses, ravis de l'apparente disparition de l'usuel conciliateur, étaient silencieusement repartis à l'attaque - sans davantage tarder ! gagnant quelques coins et recoins de ruines.

Pour une fois, leur formidable Automate restait à la traîne !

Quant à Mistigri, il tournait en rond, désœuvré.

Certes, il n'était que convalescent, mais, diablement éloigné de sa planète natale, son inaction lui pesait !

Souhaitant, à nouveau, s'associer une troupe conséquente, il aspirait vivement à retrouver l'intégralité de son activité d'espion : celle qui lui réussissait tant !

Cependant, tous ces humains ignoraient la récente alliance nouée entre Marcus et l'effroyable Angel.

Par cette mutuelle allégeance, le premier imagina, d'emblée - grâce aux efficientes armées de cet ange noir, décupler ses propres pouvoirs.

Le second rusait, sciemment.

Conscient de la formidable puissance qu'il représentait, il était rongé par son extraordinaire cupidité ! Ce qui fait que rien – ni obstacle, ni objection, ne pouvait brider ses noirs desseins.

Par contrecoup, des forces diaboliques – physiques et psychiques, planèrent au-dessus de la Cité déchue, obscurcissant le ciel, épaississant l'air : de sordides miasmes, qui allaient conférer une tout autre tournure à nombre d'événements futurs !

Concomitamment, on eût pu constater que l'espèce humaine s'avère légendairement douée d'une bien courte vue.

Obnubilés par leurs stériles querelles, les clans levaient peu la tête vers un horizon qu'ils eussent remarqué sillonné d'engins spatiaux !

S'ils avaient suivi, à peine plus attentivement, leurs circonvolutions, ils en auraient perçus qui semblaient chavirer ou se désintégrer, crachant flammes et cendres, tandis que d'autres étincelaient, victorieux !

Eh oui, la race « maudite » avait réussi à déclencher les prémices d'une Guerre Intersidérale, et ce, presque jusqu'aux confins de l'Univers !

Certes, quelques « Forces de Paix » résistaient encore, mais pour combien de temps ?

Entre les « Nations » et les « Règnes » d'envergure Galactique et Intergalactique, d'ancestrales rivalités s'étaient sournoisement rallumées, une à une.

Chaque parti aura longuement hésité à renouer avec les armes ; puis, le mouvement se sera irrémédiablement accéléré et accentué.

Seuls restent placides les Minéraux, la Flore et la Faune !

Contemplant, tout de même, avec une inquiétude grandissante, les agissements des androïdes déchaînés !

Entre ces derniers, de curieuses alliances vont émerger, peu à peu.

Tout d'abord, il nous faudra remarquer l'estime progressive que Vulcor accorde à Django.

Le courage dont faisait continuellement preuve le jeune homme, dans les nombreuses missions qu'il se sera imposées, l'aura, peu à peu, convaincu qu'il existe des exceptions, même parmi le dégénéré contingent terrestre.

Le téméraire adolescent lui apparaît, de plus en plus, comme un autre lui-même !

Peut-être partageraient-ils des convictions identiques ?

Cela dit, ledit mentor éprouve toujours une haine farouche envers les autres représentants de la même espèce : leur nature profondément belliqueuse ne se sera-t-elle pas répandue, comme une traînée de poudre, parmi les siens et ses semblables – ainsi qu'il s'y était attendu ! aiguisant les tensions, concrétisant les dissensions, faisant perdre la tête aux multiples Dirigeants Universels ?

L'autre point commun entre Vulcor et Django réside dans leur identique haine envers Marcus.

Ce vil renégat, dont les forfaits auront irrémédiablement détruit chaque honnête tentative de « Pacification », se sera - bizarrement et bien vite, vendu aux Autorités, sous de fallacieux prétextes !

Il paraît, d'ailleurs, curieux qu'elles lui aient fait confiance, jusqu'à lui remettre les clefs de leur survie !

Dirigeant l'exil des ex-gouvernants, sa ruse, sur Terre, se fait encore sentir !

D'autre part, n'est-ce pas ce fourbe personnage qui aura hiérarchisé, armé et consolidé la terrible Triade, au sein de laquelle - malgré le systématique opaque silence, on pourrait soupçonner qu'il agirait comme un chef officieux ?

Pour sa part, mû par des sentiments radicalement inverses, l'ambitieux Angel compte bien profiter, sans mesure, d'un Marcus qu'il mettra facilement à sa botte.

Une fois le travail dûment effectué, ses propres visées atteintes - sa mainmise personnelle sur la race humaine totale, il sera toujours temps de s'en débarrasser !

Quant à la « Confédération des Automates », rongeant son frein, elle se sera prudemment rangée aux côtés de Vulcor et de Django :

— « Patience ! »

Ne pouvait que répéter Misor à ses collègues :

— « Notre heure viendra ! »

À chaque minute, l'« Alliance des Intelligences Artificielles » demeure, cependant, prête à trahir, pour la conquête de sa propre liberté : profitant de la première occasion qui se présentera !

Durant ces sinistres Temps crépusculaires, qui ne laissaient présager que le pire ! les couchers de soleil n'auront jamais autant flamboyé, ni témoigné d'une aussi large palette de vives teintes : tellement se seront multipliées et amplifiées les escarmouches intersidérales !

Les nuits n'auront que peu souvent résonné de si formidables explosions, aux quatre points cardinaux !

Tandis que les timides fraîches aurores mêleront, inextricablement, sang et rosée.

Même la Faune et la Flore du « Domaine » tremblent innocemment, à l'image de leurs Archétypes Intersidéraux – eux qui auront, sempiternellement, su conserver une légendaire neutralité !

Malgré l'active surveillance des « Esprits de la Nature », elles se verront inéditement réanimées d'égoïstes vues, elles aussi : ne dissimulant que bien malhabilement d'inavouables espérances !

Peut-être vont-elles, enfin, pouvoir émerger, à leur tour, dans la mesure où les androïdes, rendus fous, courent à une massive extermination ?

— « Allons-nous bientôt diriger ? »

L'interrogation, sans fin réitérée, engendre de fantastiques espoirs !

Concomitamment, une secrète « Réunion » rassemble lesdits règnes, dans leur envergure intergalactique :

— « Nous figurons des Formes de Pensée largement supérieures à celles qu'émettent les humanoïdes.

— Notre Spiritualité doit triompher ! »,

Y assène Déclan, inconditionnellement soutenu par des arbres millénaires.

— « Il faut, maintenant, répandre partout nos Idées ! »,

Renchérit Silas.

— « Mais, pour cela, nous aussi, nous avons à consolider notre Union ! »,

Souhaitent les multitudes ailées, auxquelles bois et rocs servent d'abris.

— « Sans vouloir accaparer les biens détenus, actuellement, par nos rivaux ! »,

Enjoint Flora.

— « Il faut témoigner d'une gouvernance profondément altruiste ! »,

Rugissent félinement les fauves, farouchement déterminés à reconquérir le Monde.

Quant à la Terre - davantage exsangue, elle gémit, autant par réaction aux furieux vents solaires qu'irrémédiablement polluée par les gigantesques récentes batailles spatiales.

Va-t-elle s'asphyxier définitivement, renoncer, sombrer corps et âme ?

Transitoirement, l'Espace s'y indétermine, tandis que les Durées se font davantage imprécises …

À la cadence où vibrent les sols, tremblent les Cieux !

Si la « Planète Bleue » meurt, la lune suivra ; le soleil lui-même résistera peu et l'équilibre galactique finira par se rompre …

« Ceux qui professent vouloir la liberté et déplorent l'agitation sont comme le paysan qui voudrait récolter sans avoir labouré ».
Frederick Douglass

12.Django - Vers la Liberté

Pendant que se déroulent des événements cosmiques majeurs – remettant en question l'harmonie de l'Univers entier, Django, qui ressent de plus en plus intensément son impuissance à modifier le cours des choses, laisse involontairement croître en lui son projet – pas à pas davantage réfléchi, de définitivement capituler :

— « Pourquoi ces absurdes expéditions, qui ne m'attirent que la haine de tous ? »,

Demeure l'interrogation qui, tournant en boucle, aura fini par paralyser son esprit :

— « Puis-je véritablement leur imposer cette pacification dont ils ne veulent pas ? »

Cependant, il n'est pas mûr encore pour adopter une décision radicale, qui modifierait ostensiblement sa façon de vivre :

— « Vais-je faire comme eux, me battre, me nourrir, ne sachant pas pourquoi je suis sur Terre ? »

Au détour d'une excursion, sans bien se rendre compte de la portée que revêtaient ses révélations – mû par l'intensité d'une réflexion qui le dépasse, il s'en sera imprudemment ouvert à Mistigri :

— « Je me retire ! »,

Menace-t-il alors, guettant l'approbation dans le regard clair qui lui fait face.

— « On n'aurait plus de médiateur ? »,

Se demande, aussi silencieux qu'imperturbable - résolument immobile, l'homme qui vient de se faire interpeller.

Django mettra l'absence de réaction de Mistigri sur le compte de la lenteur dont il fait coutumièrement preuve.

S'il savait !

Quelques minutes supplémentaires s'écoulent avant que ce comparse - mesurant à peine sa chance ! souhaitant conclure rapidement, maintenant qu'il détient une information capitale, ne serre traîtreusement la main du gitan.

Interrompant brusquement, par-là, un entretien trop bref, certes, mais qui allait rapidement faire le tour de l'Univers !

— « Le Médiateur capitule !

— Il n'y a plus de Médiateur sur Terre ! »,

Claironne, immédiatement, ledit interlocuteur improvisé, qui s'avère, comme vous le savez, l'espion le plus fiable de la « Coalition Universelle », mais - véritable agent triple, désormais ! un Missionné tous azimuts, qui a entrepris de renseigner, au mieux, un insatiable Angel – toujours aussi imbu de pouvoir personnel, tout autant qu'un Vulcor, davantage indécis, bien décidé à se faire son opinion propre sur les Terriens.

— « Ils n'ont plus de Médiateur ! »

Ce dernier ne sait encore s'il passera de son actuelle phobie à un engagement davantage philanthrope mais veut mesurer - et mieux peser, la connaissance qu'il a de cette bizarre civilisation : incompréhensible à ses yeux !

Inconcevable, par exemple, que ledit Médiateur ait cédé !

— « Est-ce vrai ? »,

S'interroge le mentor, cruellement déçu.

À mesure qu'il regagne, à pas lents, son refuge, notre quasiment ex-Médiateur réalise à quel point il est attiré, lui aussi – comme l'ensemble des jeunes gens qu'il côtoie quotidiennement, par les tièdes visions d'un environnement qu'il pourrait agencer de façon davantage douillette.

S'expliquant de ses nouvelles conceptions à Misor, il va s'étonner de ce que celui-ci ne s'emploiera pas, pour une fois, à le contrer.

À mesure qu'il parle, ce dernier, en effet, se forge, rapidement – en apparence, un peu trop facilement ! d'identiques chimères : un âtre flambant, des coussins moelleux, un repas savoureux, un interminable repos, enfin !

— « Oui »,

Pensent, d'un commun accord, nos deux compères :

— « Pourquoi ne pas profiter tranquillement de l'heure qui s'écoule ?

— Sans courir après d'impossibles « missions » …

— Qui ne concernent, d'ailleurs, que la race humaine ! »,

Ne pourra que s'exclamer, en son for intérieur, le chien.

Plusieurs journées d'une méditation partagée consolident ces nouveaux projets de vie :

— « Bâtissons-nous un logis !

— Qui soit vraiment taillé à notre image ! »,

Vont, de concert, convenir les deux inséparables, projetant, à cette fin, de choisir le meilleur emplacement dans la Capitale et de lister, un à un, leurs besoins.

À trois reprises, cependant, suite à ce qui pourrait être considéré - vu de l'extérieur, comme un lâche renoncement, des songes intrigants auront brusquement arrêté le jeune homme.

Profitant de son sommeil, un brillant et majestueux cosmonaute, d'une puissance et d'une beauté inégalées, va, avec insistance, l'interpeller - l'écho démultipliant quelques bribes des phrases qu'il semble prononcer :

— « La Planète a besoin de votre aide ! »

Au matin, l'apparition avait disparu, mais le vocable mystérieux de « Vulcor » affleurait encore sur les lèvres du jeune homme, assorti à l'injonction réitérée :

— « Paix ! Paix ! Paix ! »

À la suite de ces étranges communications télépathiques, un inédit halo spirituel contribuera à raviver, en notre Conciliateur, un semblant d'altruisme.

Dans son souvenir, une éblouissante aura irradiait avec une puissance suffisamment intimement persuasive pour qu'il songe à interrompre les préparatifs découlant de ses matérialistes visées et lance, à nouveau, une expédition salvatrice.

Cependant, le soutien du Saint-Bernard va se faire volontairement mou.

— « À quoi bon ? »,

Maugrée-t-il ostensiblement – déçu dans ses troubles espérances personnelles, tandis qu'il surveille, du coin de l'œil, le carré sablonneux sur lequel se dessinent, malhabilement, les objectifs d'un énième raid pacifique :

— « Oui, quelle inanité ! Réinventer un « Gouvernement Mondial », pour reproduire les erreurs du précédent ? La Capitale n'a-t-elle pas déjà trop souffert ? En outre, que restera-t-il de nous, les robots, si se produisent de nouvelles exactions ? »

Sapées par l'engrenage inexorable d'une désespérante solitude - puisqu'il n'y est plus soutenu par quiconque, dont son usuel compagnon, les résolutions de son maître vont, fort heureusement pour celui-ci, s'affaiblir, de jour en jour, presque jusqu'à l'oubli.

Plusieurs fois reportée, la décision apparaît, maintenant, teintée d'irréalisme :

— « À quoi bon ? »,

Répète, machinalement, le jeune homme - de la même façon que l'aura murmuré son chien.

— « Que servirait, une fois de plus, de nous rassembler et de nous unifier, si ce n'est pour répéter les erreurs des Anciens ? »

Là, les Temps se seront, déjà, tellement étirés, que l'on imagine ces épisodes de l'Histoire comme appartenant à un lointain confus « Âge Révolu ».

Cependant, en effet, pourquoi courir, risquer sa vie, se mettre à dos la majorité des belligérants, en sachant, à l'avance, qu'ils n'accepteront jamais cette « paix » qui leur est proposée ?

Peu à peu, les ténèbres réenvahissent l'esprit du gitan — au départ, bien malgré sa propre volonté ! Par la suite, de façon davantage consentie.

Les ultimes arguments qu'il pourrait leur objecter seront, bientôt, irrémédiablement engloutis !

En effet, la descente aux enfers va être accélérée par d'affreux cauchemars.

Durant ces horribles visions, un autre être, scintillant lui aussi, lui promettra monts et merveilles, s'il se rallie à la Mafia !

À chaque nouvelle apparition du sombre Angel, Django se réveille en hurlant !

C'est à peine si Misor arrive à le calmer.

Pour sa part, celui-ci hait ce second « ange ».

Le flairant de loin, il émane de lui la pourriture nauséabonde d'une âme en décomposition !

De plus, l'ignoble personnage semble considérablement nuire à son jeune maître, menaçant de le rendre pareil à lui-même : ce qui fait que l'animal bande ses forces afin d'éviter le pire !

— « N'écoute pas les fantômes ! »,

Affecte-t-il de se moquer, le plus gentiment possible, de façon à faire réagir son maître, sans démesurément le vexer.

Mais l'autre, durant les longues minutes consécutives à son réveil, se montrera totalement inerte !

— « Quelle puissance revêt la Nuit sur les hommes ! »,

Ne peut que se désespérer l'automate, à bout d'arguments.

— « Et comme ceux-ci sont versatiles ! »

Effectivement, si l'on observait, à l'époque, Django, on aurait parfaitement senti s'amenuiser – inéluctablement ! son légendaire courage.

Le vide ainsi laissé dans son cœur ouvrait la voie à une sorte de lâche et paresseuse cupidité : des sentiments qu'il n'aura jamais, jusqu'alors, à un tel point, éprouvés !

Soudain, il réalise l'attrait du « Don » !

Se complaît dans l'unique matérialisation de ses désirs !

S'éprouve, ainsi, comblé !

D'où, au fil des jours, son chien le reconnaît de moins en moins.

Malgré tous ses efforts pour le ramener à son usuelle candeur, l'enveloppe corporelle de son maître commence à exhaler les mêmes troubles effluves que celle d'Angel !

Ce qui permet à un Misor - bien perplexe ! de revisiter, en Mémoire, pour la énième fois, l'origine du fameux « Pouvoir », accordé aux hommes : ne serait-ce qu'afin de le transmettre aux siens !

— « Pourquoi les Automates ne jouissent-ils pas du « Don » ? »

Sa vision se sera considérablement éclaircie.

C'était une période excessivement trouble, pas si lointaine, en fin de compte ! durant laquelle régnaient des guérillas d'une multiplicité et d'une intensité incontrôlables.

Même les robots étaient sollicités !

Les foules, comme en transe, hurlaient leur haine, tout en cassant, pillant et massacrant.

D'autres cohortes, aussi déchaînées, s'emparaient des premières, les rouaient de coups, les torturaient avant de les abattre.

Des drones se dirigeaient droit sur leurs objectifs : imparables !

Des villes entières brûlaient !

Partout, des corps se tordaient, en proie à d'atroces souffrances !

D'immenses bûchers confondaient et consumaient inexorablement : bébés, enfants, femmes et vieillards !

De toutes parts aussi, il semblait que d'autres êtres – de diverses origines, observaient, profondément choqués mais impuissants ! ces effroyables scènes.

La voracité des uns et des autres se fit sans bornes, à tel point que ce fut véritablement elle - ainsi que les insolubles dissensions qu'elle entraînait, qui fut le vecteur principal par lequel la « Troisième Guerre Mondiale » se propagea.

On incendiait, on empoisonnait, on égorgeait, on lapidait, on décapitait !

Irrémédiablement, les rixes se retrouvaient attisées par les exhortations des divergents « Mages » qui, sans vergogne, contribuaient à jeter les meutes humaines les unes contre les autres !

La Mondialisation politique n'avait pas gagné leurs sectes, toujours aussi particularistes – partielles et partiales !

Quant aux gangsters, dans cette pagaille généralisée, ils devenaient rois !

Il ne restait plus d'autre solution, si l'on voulait maintenir quelques survivants sur une planète à jamais souillée, que de leur octroyer l'aptitude immédiate à réaliser n'importe quel vœu.

Ce à quoi s'employèrent, en secret, deux savants, issus de la Confédération Intergalactique : Gardhamond, vêtu en militaire, et, surtout, Vérantis – à l'origine de l'idée.

Non sans d'interminables conciliabules !

Mais le projet s'avérait irrésistiblement soutenu par un « Élan Vital » qui ne reniait aucun élément de sa profuse Création :

— « Ce que formuleraient, en pensée, les humains, le dessinant – l'esquissant, d'un geste, même malhabile, se concrétiserait immédiatement ! »

D'un commun accord, les deux conspirateurs décidèrent que, lorsque la Race Déchue retrouverait un semblant d'autonomie et de dignité, ledit « Don » lui serait instantanément retiré, dans le respect de sa liberté individuelle.

En effet, c'était à elle-même de choisir, sans contrainte aucune, le chemin de son évolution !

Ravies, de prime abord, les bandes errantes se gorgèrent de tout ce qu'elles imaginaient, assouvissant d'insatiables appétits, jusqu'à ce qu'elles en mesurent, par elles-mêmes, la profonde inanité.

Le « Pouvoir » ne servit, alors, qu'afin de répondre aux réels besoins qu'engendrait une impossible survie, sur une planète rendue, pour longtemps, stérile !

Concomitamment, fouillant à peine plus loin dans ladite Mémoire, l'automate soupçonna – une énième fois ! Django d'appartenir à la race des « Hommes-Étoiles » !

Du plus loin qu'il l'observait, il semblait que ce n'était pas toujours sur le sol terrestre qu'il l'avait côtoyé.

D'où, revenant à la réalité de ses actuels soucis, il ne pouvait que constater que, jamais, son propriétaire n'aurait dû flancher ainsi !

— « Pas lui ! »

Pas un justicier né, pas ce combattant intrépide, qui avait juré - en toute connaissance de la difficulté inhérente à la tâche, de sauver la planète et ses derniers occupants !

Du mieux exactement que le robot analysait ses récents souvenirs, l'évidence s'affermissait : Angel, mû par on-ne-sait-quel diabolique attrait, corrompait irrémédiablement le plus noble représentant de l'actuel genre humain !

Certes, c'était un être à part - probablement vulnérable, malgré la vitalité qui en émanait. Il s'avérait, notamment, relativement éloigné des citadins qui lui étaient contemporains.

Élevé dans une communauté très fermée d'intuitifs nomades, il agissait, comme ces derniers, en éternel voyageur.

À l'image de la noble lignée, il se montrait particulièrement avide de perpétuer leur riche tradition, forgée de généreux « principes » - même s'il ne les comprenait, parfois, qu'à demi : ces injonctions semblaient, en effet, venues de la « Nuit des Temps », émanant, assurément, « d'ailleurs » ou « de là-haut » !

La fratrie comptait nombre de sincères missionnés de naissance, tous plus enclins à s'occuper de surnaturel et de magie qu'à plonger dans les dédales d'un vain prosaïsme.

D'où, l'entière collectivité – isolée ! ne s'était jamais nulle part fixée, errant à l'aventure, profitant spontanément des superbes paysages qu'offrait, alors, la planète.

Puisqu'il se voyait vigoureusement renier l'idéal des Siens – le but de son existence depuis toujours, il s'en faudra de peu que notre ex-Médiateur, conscient de sa lâche trahison, ne sombrât dans une noire dépression !

Sous l'influence du lavage de cerveau, savamment orchestré, songe après songe, par Angel, le Mal envahissait la moindre de ses pensées :

— « Soi d'abord ! »,

Puis, demeurait incrusté en chacune, constamment irrémédiablement présent !

Au cours d'une aube au plus haut point sinistre, le chien observe son maître à demi hébété, tandis qu'en des discours incohérents, frisant l'illogisme, celui-ci, une nouvelle fois, promet à un invisible interlocuteur de renier sa Mission de conciliateur.

Ce ne sera, d'ailleurs pas sans une intense souffrance - autant physique que mentale, qui, non contente de réduire en bouillie la moindre de ses idées, lui broie les os et lui brûle la peau.

C'est la douleur elle-même qui va accélérer le processus !

151

Une semaine plus tard, en une déchirante invocation – cependant, apparemment en pleine conscience ! le jeune homme va se voir rejeter définitivement, tel un insupportable fardeau, la sublime passion qui aura, depuis toujours, exalté son existence.

Tant pis si les bandes poursuivent, d'escarmouche en escarmouche, un combat insensé - une guerre civile qui revêt déjà, très largement, la tournure d'un irraisonné suicide collectif !

Beaucoup sont morts, jadis – on ne situe plus très bien quand ! pendant et après la mythique « Troisième Guerre Mondiale », à cause d'une invraisemblable pollution et de l'ampleur démesurée des multiples catastrophes naturelles, corollaires de chaque soubresaut de la planète mutilée.

Les cadavres qui s'entassent, désormais, en deçà des murailles, proviennent, systématiquement, des récents pugilats : des rixes davantage acharnées, comme devenues démentiellement cruelles !

Des massacres sans aucune finalité, auxquels on aura assisté dans une totale impuissance !

Les survivants ont à peine le temps de recouvrir les corps de tout ce qu'ils auront récolté pour ce faire que, déjà, d'autres assauts sont lancés.

Chaque épisode de ladite guérilla marque une inexorable croissance de la haine et de la violence - autant en intensité qu'en multiplicité !

Les blessés, parfois, échangent de longs regards : de ceux qui signifient beaucoup plus encore que ces mots, que l'on ne parvient plus à prononcer :

— « Pourquoi ? »

Nul ne se remémore les raisons d'un conflit dont on aura oublié jusqu'aux origines.

Aucun participant à ces innommables destructions ne pourrait clairement formuler les objectifs de son action !

Dans l'Espace-Temps réduit de leur citadine prison, sur une planète agonisante, il semble de plus en plus certain que les bandes d'« anars » se trouveront bientôt fort réduites, et ce, d'ailleurs, pour un trop bref sursis : le temps qu'attendra la Terre avant, définitivement, d'incliner sa rotation et de sombrer dans le Néant !

« La libération vient le jour où l'on peut dire : "J'ai fait ce que j'avais à faire, j'ai reçu ce que j'avais à recevoir, j'ai donné ce que j'avais à donner. » Swami Prajñanpada

13.La Libération

Une joie inespérée va, cependant, bouleverser le stérile isolement dans lequel se seront - le plus confortablement possible ! murés nos deux compagnons, parfaitement complices.

Rompant la monotonie d'un quotidien par trop rangé, l'incroyable surprise s'offre, de prime abord, au fidèle serviteur.

Durant une interminable nuit de semi-veille, Misor éprouve – quasi miraculeusement ! la perception (fugace) du « Code » qui verrouille la surveillance automatique des remparts.

C'était, tourbillonnant dans l'air opaque, distinctement, l'enfilade numérique :

— « 7880999 ».

Chose incroyable, il aura pu, rapidement, la lire (l'inscription s'était effacée très vite, dans sa vision), puis, la mémoriser, automatiquement !

Ledit « Code » peut déverrouiller la « Formule » !

Quant à cette dernière – puisque le robot continue à sonder sa vaste Mémoire, son origine s'avère davantage complexe : mi-philosophique, mi-scientifique, les Signes employés ramènent à un mélange de logique et d'analogie, forgeant un efficient algorithme, à vocation allégorique.

Durant quelques semaines, elle se refuse à son esprit.

Mais une indicible Force le pousse, inéluctablement, à retourner dans cet espace mental qui la lui montre, partiellement et très floutée.

Tenace, le Saint-Bernard s'accroche.

Une nuit, l'impressionnant cosmonaute lumineux l'accompagne.

C'est ce sublime personnage qui va, doucement, écarter, un à un, les Voiles …

Depuis sa brusque Illumination, notre cerbère se détache des contingences de la vie ordinaire.

Il en manquerait même d'appétit !

Tandis que Django accumule les offres tentatrices, sans cesse, l'automate va ressasser son terrible dilemme :

— « Garder le « Code » et la « Formule » pour l'« Alliance des Automates » ?

— Les offrir aux humains ?

— Mais, en ce dernier cas, à quel titre ?

— Ne vais-je pas renier, alors, ma propre Confrérie ? »

Et, surtout – bien qu'il connaisse une partie des circonstances de la formidable Révélation, pour quelles mystérieuses raisons aura-t-il été capable - si soudainement ! de s'emparer de données, auxquelles l'accès lui était antérieurement refusé ?

Il est vrai que, au moment précis où fonctionnait sa Mémoire, Misor aura nettement réalisé l'identité du puissant extraterrestre qui se tenait à ses côtés - celui-là même qui avait failli réinspirer son maître :

— « Vulcor ! »

Les deux syllabes magiques résonnèrent longtemps à ses oreilles.

C'est, effectivement, ce mentor qui, surmontant ses réticences initiales, aura provoqué - de toutes pièces, l'incident, afin d'apporter sa contribution personnelle à la survivance des humains :

— « Tant qu'ils restent prisonniers – répartis en communautés cloisonnées, ils ne peuvent ni reprendre contact avec la Nature ni éprouver, par eux-mêmes, la capacité nécessaire à s'affranchir d'ancestrales limitations. D'où, l'Évolution s'arrête : brutalement interrompue ! »

Ladite stagnation, qui ne leur permet pas de sortir d'un primitif état, n'offre aucune arme pour pallier, entre autres, la « Grande Catastrophe » qui se dessine : se rapprochant inéluctablement !

— « Ils doivent retrouver, le plus rapidement possible, un état de Grâce tel qu'ils ne pourront que définitivement sauter le pas ! »

Vulcor compte se faire, maintenant qu'il en est décidé, leur plus ardent défenseur – particulièrement contre Angel !

Le temps lui est compté : combien de jours encore les hommes résisteront-ils aux appâts, tant ostensiblement déployés, par ce fourbe démon ?

Afin de réaliser un si noble dessein, c'est Django et son compagnon, que notre mentor veut réveiller, sachant qu'un intense Élan Pacificateur irradiera aisément dudit tandem, une fois réencouragé et replacé dans la bonne voie !

— « Ils doivent visiter le Domaine ! »

Se répète le puissant extraterrestre, après avoir personnellement contemplé la Capitale - transformée en geôle-forteresse, dont les ruines tranchent sur les aimables sinuosités champêtres alentour.

De plus, une fulgurante intuition le convainc que le destin de son protégé s'avère lié à l'une des « Mères » qui ont en charge le « Domaine ».

Ce sera une raison supplémentaire de vouloir encourager la sortie des citadins !

Mais les événements, en réalité, ne se déroulent pas tout à fait comme il l'aura prévu.

Un mois plus tard, nanti du précieux sésame, après moult hésitantes déambulations, Misor n'a toujours pas réussi à choisir son camp !

D'où, il garde, simplement, la formule enfouie en lui, sans l'exploiter.

Jusqu'à ce qu'un incident – imprévu ! en précipite l'usage.

L'automate n'aura même pas à perpétrer son piratage !

Par un extraordinaire hasard, au moment exact où Vulcor l'inspirait, d'autres membres de son « Organisation des Robots », à force de miroitantes promesses, se seront – miraculeusement ! adjoints les « Gardes du Porche » :

— « Par nature, vous êtes des nôtres ! »

Bien décidés à s'allier à une Puissance cousine, qui laisse présager de confortables futurs – une affriolante voie d'avenir ! lesdits « Automates-Officiers », rompant avec une ancestrale discipline, viennent, à leur tour, de lui prêter allégeance !

Trahissant, ils espèrent, en retour, une pleine et entière liberté, dans une « Nation Souveraine des Intelligences Artificielles » !

Le précieux premier sésame, fourni à l'instigation de Vulcor, devient inutile !

Mais il reste la « Formule ».

Profondément ému par l'efficience de ses subordonnés, Misor ne peut que projeter de la mettre, immédiatement, en application : l'inverse eût été très largement démérité !

Au soir, accueilli, comme il se doit, en triomphant chef, sans même avoir à dévoiler le « Code », le chien fera cérémonieusement don de la suite du processus.

Tout en traçant, avec application, dans l'air :

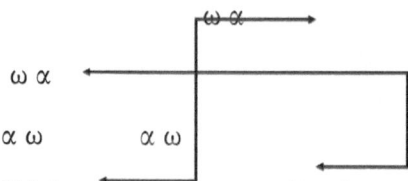

ω α

α ω   α ω

Il laisse, mentalement, fleurir une litanie, d'où émerge :

— « … $\pi.r^2$ … »[2]

— Un Monde ouvre sur l'Autre …

— J'atteins l'Éternel Silence… »[3]

_____

[2] « $C^2 * \pi / 2 = \pi.r^2$; implique : $2*r^2 = c^2$ ». « Histoire Des Recherches Sur La Quadrature Du Cercle : Avec Une Addition Concernant Les Problèmes de la Duplication Du Cube Et de la Trisection de l'Angle », Jean Etienne Montucla. « Du point à la quadrature du cercle : Traité de géométrie méditative », Jacques Loubatière.

[3] 55. « L'œil crée le Monde qui fait les mondes.
56. L'oreille qui entend crée l'œil et le fait grandir.
57. Ainsi, la réalité qui s'ouvre à l'œil et à l'oreille
58. Ouvre la route à une autre réalité.
59. L'un nourrit le multiple
60. Et le multiple renvoie toujours à l'Un.
61. Je vous l'annonce : Ne séparez pas,
62. Déplacez-vous parmi les séparations.
63. C'est de cette façon que vous vous placerez en vous.
64. Ceci est la voie de la quiétude,
65. Car la quiétude est un centre dans le changement. »
Évangile de Marie-Madeleine.

Lourdement - aussi nécessairement que solennellement, le fameux robuste Portail, peu à peu ébranlé, gémit, grince et s'ouvre !

Quelle ne sera pas la stupéfaction de notre robot, en découvrant un inédit paysage champêtre – échappant à toutes les règles de sa propre logique : un monde d'harmonies et d'assonances, un fragile indéchiffrable biotope, au sein duquel il n'aura pas encore eu l'occasion de se forger le moindre repère, puisqu'il n'y a jamais vécu !

— « Tout algorithme est fait d'analogie et de logique – Seule leur fusion traduit la Réalité »,

Va-t-il entendre, lorsqu'il ose un premier pas en avant.

— « La Spirale est Maître ! »

Cependant, Angel rôde, brouillant les pensées du vainqueur :

— « Une Occasion unique vient de s'ouvrir, à toi et à vous tous, les Automates !

— Tu ne peux tromper les Espérances de ta propre Confédération ! »

Misor hésite.

Profitera-t-il du fait de pouvoir sortir de la Capitale pour permettre à l'armée des robots de s'en échapper, elle aussi - s'affranchissant, ainsi, des hommes ?

Elle regagnerait, inéluctablement, de l'espace et préparerait une imparable contre-attaque :

— « Nos cohortes d'acier renfermeront, bien vite, à l'intérieur des murailles, les organismes de chair ! »

Jouissant de la fraîcheur humide d'une flamboyante pleine lune – rousse ! c'était presque le dessein de notre indécis serviteur.

Mais Vulcor, à l'origine de l'incident, veillait.

Ayant, tout d'abord, entrouvert, pour l'automate - qui saurait les déchiffrer, ces précieuses « Annales akashiques » - sans lesquelles nul n'aurait compris les Circonvolutions de l'Élan Vital, il se sera étonné, ensuite, de la longue inaction de l'animal, sondant, peu à peu, sa faiblesse d'esprit.

— « Voudrait-il réserver la Gnose aux Intelligences Artificielles ? »

Du coup, puisqu'il avait à demi constaté sa propension à la trahison, en cette même étrange soirée – de façon quasi synchronisée ! il aura, instantanément, réveillé Django, le poussant, malgré ses arguties, à se diriger vers le Porche :

— « Le Portail est ouvert ! »

Entendait mentalement le jeune homme, sans percevoir l'origine de la formidable injonction qui l'incitait à se vêtir et quitter son avenant appartement.

Avant d'en franchir délibérément le seuil, il n'a de cesse de héler son acolyte :

— « Misor ! Misor ! »

Étonné du silence qui l'environne, il consacre quelques secondes à le chercher, avant de renoncer : probablement aura-t-il placé son lit douillet dans une cachette connue de lui seul !

— « S'il est endormi, ce serait préférable de respecter son sommeil ! »

Django effectue donc, seul, le trajet qui le sépare de l'enceinte. Malgré lui, il ne peut se retenir de rire en scrutant « l'Étoile » : *son* Étoile …

Quel ne sera pas son ébahissement, dès son arrivée sur les lieux, lorsqu'il trouvera les gardes à son service, lui taillant une haie d'honneur, tandis que l'imposant Portail s'avère, effectivement, largement béant !

Lui aussi - comme son chien vient de le faire, va bientôt humer, avec une ostensible délectation, les relents de foin, qui s'assortissent de fragrances fleuries, tandis que le filet argenté du fleuve miroite et frémit, s'orangeant de l'astre resplendissant !

Puis, il remarquera le Saint-Bernard : comme pétrifié, ébloui, l'animal - incongru en ce paysage ! paraît s'abîmer dans la contemplation de cette champêtre mystique nuit.

Ni le robot, ni son maître, en effet, n'éprouvent un quelconque souvenir de la faune et de la flore, et ce, d'autant plus que, durant l'interminable « Troisième Guerre Mondiale », celles-ci avaient été irrémédiablement détruites : tant et si bien que les engrammes de la Mémoire Collective ne leur restituent plus leur image, depuis fort longtemps.

C'est pour cela que, lors de cette fugace bucolique escapade, le duo, hébété, ahuri - comme pétrifié sur place ! ne remarquera pas le discret passage d'Ambroisine.

La jeune femme était, d'ailleurs, si affairée à cueillir ses plantes médicinales - celles qui soignent le bétail, qu'elle ne perçut pas, non plus, cet impossible « citadin » qui osa trois pas dans « sa » campagne, à la suite d'un être fort bizarre : son – plus ou moins fidèle, compagnon.

Elle ne discerna même pas l'ombre projetée par la Porte ouverte !

Les yeux ne saisissent que ce qu'ils considèrent comme la Réalité !

Pour Django, seuls subsistaient les hommes enfermés dans l'enceinte urbaine.

Pour l'agricultrice, seuls perduraient les « Mères » et les « Pères » du « Domaine » !

Revenus à l'intérieur de leurs rassurantes murailles, autant Django que Misor vont se sentir le cœur davantage léger.

Ils savent sortir de la ville !

Tout le monde peut, soudain, s'il le souhaite, quitter la Capitale !

Cependant, dans l'esprit troublé du gitan, demeure une insoluble interrogation :

— « Qui a ouvert ? »

L'air de profonde innocence qu'affecte Misor l'écarte, tout de suite, de la liste des suspects, qu'il dresse, très vite, mentalement.

En aucun cas son robot n'aurait eu l'intelligence suffisante à opérer un tel miracle !

— « Alors, qui ?

— Et, dans quel but ? »

Vexé du raisonnement de son maître, l'automate ne le mettra pas sur la voie.

D'autant plus qu'il projette, depuis les premières minutes de sa propre Libération, de faire profiter de l'événement les siens en priorité.

Peu à peu lassé de son questionnement, Django, maintenant, se félicite :

— « Au besoin, notre population pourra accroître son territoire ! »,

Constate-t-il ;

— « S'adjoindre, éventuellement, des paysages inédits ! »,

Chante son cœur, charmé ;

— « Annexer – si, par hasard, en subsistent un ou deux représentants, une peuplade très différente et, pourtant, potentiellement si complémentaire ! »,

Réalise, d'emblée, le politicien.

L'Esprit surpasse généralement le Regard !

L'Imagination l'Expérience !

Ce qu'avaient nié ses sens, le gitan le reconstruisait déjà, mentalement !

D'enthousiastes projets recommencent à fuser et tournoyer, inlassablement, tandis qu'il se laisse reconquérir par sa générosité innée !

— « La Nature est si belle ! »,

Constatera, à l'unisson, le duo, au seuil des épais remparts qui n'emprisonnent, désormais, personne !

C'est à cette occasion que notre nomade se remémorera – à peine plus consciemment, quelques caractéristiques des « Hommes-Étoiles » :

— « À l'origine, c'étaient des Géants, à l'œil unique[4]; ils habitaient une planète aux teintes orangées, à la végétation mauve, au ciel violet …

— L'Astre aura maintes et maintes fois chanté d'orbite, avant de se stabiliser …

— Ses pôles se seront inversés …

---

[4] Assez proches des cyclopes, que représentaient les Grecs, dans l'Antiquité

— Plusieurs Déluges auront provoqué Extinctions et Renaissances, notamment, l'apparition d'un regard double, assorti à d'inédits dilemmes mentaux …

— Une comète a arraché une partie des terres émergées, formant, ensuite, un étrange satellite, immaculé …

— À cette Époque, les Hommes-Étoiles sont en pleine possession de leur « Troisième Œil » …

— C'est l'ère des triades mentales, du rapprochement entre Causalité et Assonance …

— Progressivement, les humanoïdes vont rapetisser ; dans le même temps, leur intellect se développera formidablement, originant une Civilisation raffinée …

— Ils ne raisonnent maintenant plus que par d'efficients tétralemmes !

— L'Étoile est devenue stérile … Les Hommes-Étoiles ont conquis l'Espace … »

La vision alourdit considérablement, en lui, l'écrasante responsabilité d'appartenir - ne serait-ce qu'indirectement, à cette noble lignée :

— « Un peuple de Pacificateurs … »

Quant à lui, nommément, il a déchu :

— « J'ai bafoué le Clan qui m'a élevé ! »

Formidablement trahi :

— « Peut-être même ai-je déshonoré ce « Père » que l'on m'avait enseigné avoir, quelque part, sur la voûte céleste ! »

Son actuelle paresse lui devient intolérable, les mois d'inactivité, autant d'un précieux temps, littéralement parti en fumée :

— « Abyssale est ma honte ! »,

Murmure l'adolescent, mentalement nimbé des reflets de hautes baies vitrées, encadrées d'argent et d'or, qui flanquent des architectures hélicoïdales, survolées par d'extraordinaires engins intersidéraux …

Reprenant brusquement conscience, il réalise, en un éclair, que c'est, primordialement, désormais, la qualité des survivants, qui va importer, pour le destin de la race humaine – si tenté que celle-ci ait encore un avenir !

Il faut donc, coûte que coûte, malgré un futur incertain, en dépit d'un laps de temps qui semble dangereusement compté, s'attacher à rebâtir une « Civilisation », digne de ce nom :

— « Une Recherche, une Science, une Culture … »

Quitte à en voir s'effondrer, presque immédiatement, les bribes et germes … :

— « Si la « Grande Catastrophe » doit engloutir quelque réalisation, alors, que celle-ci soit Élevée, Généreuse et Noble ! »

À nouveau, on verra le duo – littéralement, entrer en croisade : ravigoté, réanimé !

Rassemblant, autour d'eux, de minuscules groupes, Django explique, inlassablement, ses nouvelles intuitions, détaillant son obsession pour une raisonnable autogestion : celle qui, seule, s'avérera garante d'un « Progrès », dont on peut penser qu'il se trouve « à portée de mains » :

— « Unissons-nous !

— Agissons de concert ! »

Comptent parmi ses slogans – immuables !

Échaudés par l'insondable cruauté des récentes attaques, quelques citadins vont commencer à se ranger à ses avis, principalement unis par une identique horreur des dissensions - qu'ils subissent depuis leur plus jeune âge, tout autant que des exactions commises, en nombre accru, par une Pègre déchaînée.

— « Formons une famille !

— Aimons-nous !

— Aidons-nous, soutenons-nous ! »,

Deviendrait le seul moyen de résister à ce Mal – impuni ! qui paraît, partout, triompher.

La puissance de ladite illicite Organisation semblerait, d'ailleurs, s'être, récemment, formidablement intensifiée !

Depuis peu, les bandits auraient élu, sur Terre, un chef habile et incroyablement actif : déjà considérablement remarqué pour sa cruauté, bien qu'encore anonyme !

D'autre part, malgré le fait que nul n'ait jamais véritablement identifié ledit Mentor, sa Hiérarchie prendra un malin plaisir à répandre, partout, le mystérieux prénom de « Marcus » : un puissant symbole, indissociable du vocable « Angel » - sigle davantage cosmique, qui va revêtir, rapidement, un caractère légendaire …

Durant les mois qui vont suivre, le nombre et la gravité de forfaits, perpétrés inconsidérément, s'accroissent exponentiellement : dans des proportions telles, en tous les cas, que tout être raisonnable ne peut que se sentir rongé d'amertume, en contemplant ce qui sera advenu d'une humanité, pourtant originellement promise à la Dignité !

Concomitamment, autour de Django et de Misor, croît, inéluctablement, l'embryon d'une modeste assemblée, farouchement « libre ».

Elle se mue, peu à peu, en une sorte de Corporation, au sein de laquelle il a été communément décidé qu'il n'y aurait jamais de chef institué, tandis que l'on mettrait, systématiquement, en œuvre, des procédés égalitaires - sollicitant constamment l'avis de chacun, et ce, le plus largement possible :

— « Chaque personne est responsable de tous ! »,

Devient un refrain, scandé avec fermeté.

C'est corollaire du fait que l'on aura institué :

— « L'Apprenti formera son Maître !

— L'Érudit puisera dans la Pensée Enfantine !

— L'Intuition supplantera l'Intellect ! »

Ladite « Alliance » s'avère résolue à prendre directement en mains – sans accepter aucune médiation, qu'elle soit « supérieure » ou extérieure ! la moindre affaire la concernant :

— « Il n'y a plus de clivage entre « dirigeants » et « exécutants », nous mettrons continuellement en commun, autant notre réflexion, que nos richesses !

— Nous apprendrons à débattre pacifiquement !

— Nous nous appuierons sur l'ensemble des remarques qui auront fusé, de tous les bords, pour nous organiser fraternellement ! »

Les réunions s'y multiplient rapidement.

On réapprend à écouter patiemment chaque idée – à discuter, faisant confiance aux mots, aussi opiniâtrement que longuement ! avant de décider, ultimement, à la faveur d'un vote collectif.

Tous comptent : à parts égales !

Des plus jeunes aux plus âgés …

Ledit nouveau Clan émergeant, bien qu'il continue à se tenir résolument à l'écart des querelles des autres – ne souhaitant, d'ailleurs plus, intervenir dans leurs affaires, aspire profondément, du fait de sa simple existence, à se poser comme l'incarnation et le vivant et vibrant symbole d'une essentielle force de Paix ![5]

Celle-ci ne pourra qu'irradier …

———————————

[5] « Vous devez être le changement que vous voulez voir dans ce monde. » Gandhi.

— « Si nous nous montrons respectueux et sereins, d'autres ne tarderont pas à nous rejoindre ! »

Puis, à mesure que se dégageront de réelles opportunités, l'objectif terminal redeviendra de contribuer à l'instauration, pas à pas, d'une trêve : générale !

Jusqu'à la « Réunion » définitive !

Là, éventuellement, il redeviendra possible, ensemble, de rebâtir - pas à pas reconstruire, redonner un visage humain à une Civilisation moribonde …

Notre généreuse ligue ne s'imagine pas à quelles obscures forces elle va devoir s'attaquer !

« Le Mal ne tente pas de nous séduire en nous révélant l'atroce réalité de ses plans monstrueux.

Au contraire, il vient à nous drapé des robes diaphanes de la vertu et nous murmure à l'oreille des mensonges enchanteurs qui visent à nous entraîner au plus profond du lit obscur de nos tombes éternelles ».

« Les Piliers de la Création », Terry Goodkind.

14. Les Forces Obscures

Tout d'abord, à la surprise générale, ce ne sera pas essentiellement la Triade.

Pourtant, ladite Pègre, doublement hiérarchisée et armée, se montrait – ancestralement ! capable des pires méfaits, ses hordes assassinant sans vergogne, pillant et rasant, sur leur passage, à tel point que le paysage lui-même, lorsque, enfin, elles s'égaillaient pour prendre l'ultime fuite, paraissait anéanti ![6]

Après chaque invasion de ces brigands, d'autres murs s'éboulaient, des cavités béantes dressaient autant de pièges aux infortunés passants, tandis que tout, voire le sol lui-même, semblait vidé, nettoyé, rasé !

Jusqu'aux mortifères lianes fleuries, qui trépassaient !

Les vraies premières barrières à la noble action de nos Pacifistes sont, en fait, dressées par les divers « Magiciens » et les divergents « Sages » - tous, personnages bariolés et hauts en couleurs, s'il en fût ! qui profitaient, jusque-là - très largement ! des rivalités et des

---

[6] À la façon dont Attila s'exclama : « Là où mon cheval passe, l'herbe ne repousse pas. »

antagonismes, pour rançonner les uns et les autres, développant, partout, indûment - sans vergogne ! leur fructueux commerce :

— « Nous sommes les seuls que les Dieux écoutent : ici, la moindre contribution finira en bon placement, pour son auteur !

— Si vous vous procurez notre porte-bonheur, tous vos souhaits vont se réaliser !

— Tout ce qui Nous sera offert, se récupérera au centuple !

— Grâce à vos offrandes, vous allez faire partie des rares élus !

— Nous intercéderons, personnellement, pour vous !

— Avec Nous, votre victoire est proche !

— Vous Nous devrez bonheur et santé ! »

Ensuite, ces menteurs et ces larrons répandaient, d'un quartier à l'autre – au fil de leurs soi-disant prédictions ! d'habiles et savantes pernicieuses rumeurs, de façon à entretenir la pagaille :

— « La Fin des Temps est proche ! Par sécurité, ralliez notre mouvement !

— Nous seuls saurons vous sauver, le moment venu !

— Quand la « Grande Catastrophe » se déchaînera, votre adhésion vous permettra d'être épargné ! »

Assenait chaque secte :

— « Avec Nous, vous êtes les Élus !

— Grâce à nos formidables pouvoirs, vous deviendrez les derniers survivants ! »

Rivalisant de magie, complexifiant, sans cesse, élixirs et formules :

— « Nous prierons pour vous ! »,

Promettaient-ils.

De fait, ces usurpateurs détruisaient le lien personnel que toute créature aura, sempiternellement, noué avec l'Élan Universel – dont, l'idée même qu'un dialogue intime puisse s'établir, en dehors de leur intermédiaire !

Ainsi, ces êtres - sans foi ni loi, réussiront à s'attacher, dangereusement, les esprits, s'alimentant, parallèlement, des âmes, à la façon de vampires spirituels :

« — Notre Tradition représente la Vérité, toute la Vérité : il n'y a rien d'autre à chercher.

— Si vous appliquez notre Loi, vous accéderez à la Béatitude. »

Ces ignobles profiteurs s'avéraient démesurément déséquilibrants :

— « Les Dieux nous parlent, exclusivement : si vous voulez leur demander quoi que ce soit et l'obtenir, il faudra le faire par le truchement de nos rites !

— Vous ne pouvez, efficacement, prier seul : nous sommes les puissants émissaires par lesquels les Forces Surnaturelles entendront votre voix ! »

Ce, d'autant plus qu'une apparente bonhomie déguisait leurs intentions profondes - qui restaient de s'emparer d'un maximum de richesses terrestres, faisant, de leurs contemporains, leurs esclaves, annihilant toute pensée personnelle, enfin, réduisant à néant les robots :

— « L'Intelligence Artificielle est l'œuvre des démons !

— Ne réfléchissez pas, n'explorez pas, ne calculez pas : tout est immuable et déjà recensé ! »

Leur atout majeur résidait en ce qu'ils étaient secrètement mus par Angel - régulièrement briefés par ce sombre personnage, afin de prendre, habilement, le contrôle de l'entièreté des communautés :

— « Promettez-leur richesse et abondance matérielle : ils vous obéiront aussitôt ! »

Avait ordonné ce Fourbe.

— « Persuadez-les de leur incapacité à se relier, par eux-mêmes, à l'Élan Créateur !

— Qu'ils s'en croient, à jamais, indignes ! »

Cependant, il restait un « no man's land », que ces puissants personnages ne purent dominer.

En cet endroit, le casque de travail s'avérait de rigueur !

Et les robes bariolées des magiciens n'étaient pas les bienvenues !

D'autres mots d'ordre fusaient, des groupes entiers paradaient, exécutant d'étranges rituels :

— « Nous agissons comme d'un seul homme !

— Nous sommes soudés à jamais !

— Nul ne pénétrera les arcanes de notre corporation s'il n'y est pas autorisé par nous-mêmes ! »

Le lieu s'avérait protégé par une succession de barricades et d'octrois – des frontières bien gardées !

Et l'activité qui y régnait n'était pas propice aux hommes :

— « Nous devons, impérativement, écarter tout néophyte de la Production !

— Taire nos secrets ! »

D'où, il y eut les successifs pièges, tissés au sein de l'Usine d'Armements elle-même : la secrète entreprise qui fabriquait des automates en quantité, destinés à on-ne-savait-qui – on ne savait pas, non plus, pourquoi ...

Django avait beau faire, ici, remarquer :

— « Nous serons les premiers contre qui ces armes se retourneront ! »

Les travailleurs ne lui prêtaient qu'une oreille distraite :

— « Cet arsenal est destiné à de lointains combats : nous n'en verrons pas la couleur ! »

La caste fermée des ouvriers – privilégiée ! écartait systématiquement les intrus, un à un, afin de s'assurer de fonctionner à plein rendement.

De cette façon, elle préservait son éblouissante richesse, tandis que s'écoulait, régulièrement ! sa marchandise - parvenant, sans encombre, à ses étranges acheteurs.

Parce que le « Clan des Libérateurs » se dressait, soudain, contre ses objectifs, pour la perpétuation de l'activité de l'Usine, on tuera en masse !

On assassinera, on massacrera !

Simultanément, invoquant le progrès, on y témoignera d'une belle constance à fabriquer des robots davantage redoutables.

Des machines programmées pour les hécatombes qu'elles sauraient perpétrer !

Hua, qui ne constituait qu'un essai - une étape provisoire dans l'établissement des nouvelles générations, sera très vite dépassée, et ce, par de véritables monstres, autant terrestres qu'ailés !

Aux armures littéralement vivantes ! À l'extraordinaire démentielle sensibilité !

Probablement, une fois retournée contre eux, cette artillerie aurait, un jour, définitivement raison des « anars », dont les tribus, exsangues, hantaient la Capitale déchue.

Enfin, bien sûr, la « guerre des bandes » faisait aveuglément rage, d'une ruine à la suivante !

L'absurde conflit décimera, très régulièrement, jusqu'à notre noble et courageuse Assemblée.

Celle-ci se réduit, bientôt, aux cinq intimes de Django, flanqués de Misor – qui, par fidélité à son maître, retarde ses propres accomplissements, au grand dam des Automates - dont la rébellion n'aura jamais été si proche :

— « Gagnons enfin notre Dignité ! »

Quelle angoisse, d'ailleurs, pour le jeune homme, que ce jour où, ayant exploré jusqu'aux quartiers Ouest qu'il connaissait peu, il va se retrouver seul, son acolyte ayant mystérieusement disparu.

Plus de Clan, plus de Famille, plus de Garde !

D'abord, par réflexe, il hèle différents noms, n'obtenant, en échange, qu'un opaque silence.

À chaque instant, il s'entend respirer !

Le paysage se remplit des battements de son cœur, affolé !

C'est tout juste s'il n'irait pas interpeller son ombre !

Trois jours et trois nuits, le missionné déambule, sans pouvoir apercevoir d'autre être vivant que sa propre personne.

Indépendamment de sa volonté, il aura zigzagué, tourné en rond, escaladé, sans cesse, les mêmes éboulis et les mêmes tas d'immondices.

Lorsque, enfin, aux Portes de l'Est, il verra débouler le Saint-Bernard - guilleret et frétillant, quelle ne sera pas sa joie !

Depuis lors, ce sentiment que l'on n'existe pas pour soi-même, mais, sempiternellement, pour autrui, ne le quittera plus.

— « Notre Destinée se confond avec Celle de notre Prochain ! »,

Réalise-t-il, aux tréfonds de son âme :

— « Si un seul être se retrouve sans avenir, nous n'en avons pas non plus ! »

Quant à Misor, au terme d'une longue réflexion - qui l'aura conduit au bord de la trahison, il apprécie la chaleur des retrouvailles :

— « Affranchissons-nous ! »

Affectera-t-il de réitérer, devant l'Assemblée des Automates, sans toutefois trancher : les émotions et les sentiments humains ont leurs bons côtés !

En bref, jamais plus confuse situation ne se sera ourdie, à la veille d'une « Grande Catastrophe », dont on pressent les inéluctables prémices.

Cette destruction planétaire ne pourra que s'avérer d'une ampleur inconnue jusqu'alors, et l'on imagine déjà qu'elle constituera le plus effroyable désastre auquel l'espèce humaine aurait jamais eu à se confronter !

Il est curieux de constater que, parallèlement, dans tout l'Univers, les antagonismes se seront incroyablement avivés – notamment entre Angel et Vulcor : inaugurant une impitoyable « Guerre des Mondes », porteuse de destructions bien plus massives, encore, que ces initiales escarmouches !

Il fallait, à l'image de notre héros, se poser en « Noble Nomade », pour avoir la témérité d'examiner - en conscience ! les ultimes perspectives d'un bien trop proche futur.

D'autant plus que, à l'insu des Hommes, la Terre - Historiquement et Géographiquement ballotée ! peinait à conserver, intacte, son Essentielle Structure …

Cependant, inlassablement, Django avait médité.

Il savait, désormais – ressentait, par toutes les fibres de son être, que :

— « Un seul Sage illumine des milliers de créatures ! »

Il aurait pu, témoignant de davantage de modestie, formuler :

— « Un point unique du Cosmos suffit à la Renaissance de l'Entière Globale Conscience ! »

175

Chaque atome, en effet, contient une Information capable de ressusciter l'Holos …

« J'ai pris en déplaisance comme en dégoût ce monde dans lequel on rencontre, au premier détour du chemin, la trahison embusquée derrière un buisson fleuri. »

« Olivier Maugant », Victor Cherbuliez.

15.Django et le Clan des Pacifistes ; La Trahison d'Ambroisine.

Les mois passant, le plus actif - autant convainquant que convaincu, redevient, donc, notre solitaire Django, flanqué de son inquiétant (mais encore peu personnellement actif) automate :

— « Unissons-nous ! »

Devient leur cri de guerre, que les ruines réitèrent en tournoyants échos, qui ricochent d'amoncellements noirâtres en fangeux éboulis :

— « Œuvrons à une Paix durable ! »

Cette « Alliance » que, pour leur part, à l'incitation réitérée de Misor, les Intelligences Artificielles ne s'avéreraient pas les dernières à revendiquer :

— « Rassemblons-nous davantage, nous aussi ! »

On voit, du coup, quotidiennement, déambuler notre duo : hantant jusqu'aux moindres recoins de la Capitale, explorant les tréfonds de ses énigmatiques ruines !

— « Travaillons ensemble ! »

Réoccupant de fait, aujourd'hui, sa place à part - depuis si longtemps dévolue ! le gitan se persuade autant qu'il fait l'apologie d'un idéal que d'aucuns auront fini par juger inaccessible - voire inutile et futile !

177

— « Bâtissons de concert ! »

L'âme douloureusement blessée par les successifs décès ou désertions de ses plus proches, il sera devenu un homme mûr – parfois à peine désabusé, sempiternellement valeureux, résolument oublieux de lui-même :

— « Nous devons reconstruire une Civilisation fraternelle ! »

Alors qu'il encourage vigoureusement son chien - recevant de joyeux aboiements en réponse, leur parenthèse égoïste lui apparaît, plus vivement que jamais ! dans toute son inanité :

— « À quoi bon le confort, si l'Homme se montre Indigne ? ».

Il ne songe guère, enfin, à cette chimère – a priori plus lointaine que l'on aurait cru ? que représente la menace, sempiternellement brandie, de la « Grande Catastrophe » :

— « Laissons, là-bas, prophétiser les Mages fous : fuyons-les ! »

L'homme et l'automate s'encouragent mutuellement :

— « Restons sereins, confiants en l'avenir !

— La planète sait ce qu'elle fait !

— La Terre pourra réagir ! »

Il s'en sera passé, d'immuables saisons, depuis que la « Fin des Temps » s'avère régulièrement annoncée – quasiment programmée ! par des extralucides qui semblent éprouver un malin plaisir à en accuser les déchéances humaines !

Ces :

— « C'est de votre faute !

— Vous êtes coupables ! »

Qui agglutinent, autour d'eux, des masses effrayées et désolées.

Certes, des échecs réitérés les auront profondément vexés, mais - malheureusement ! pas désarmés.

De chaque placette encore à peu près praticable s'élèvent, ainsi, leurs insensés discours !

Bien que profondément ébranlée, la formidable Planète, détruite aux quatre cinquièmes, semblerait - par on ne sait quels inexpectés mécanismes, vigoureusement s'accrocher à la Vie !

On voit, donc, réconcilié avec son chaotique passé, notre ardent Médiateur – à nouveau résolument mû par une foi débordante ! se démener d'un quartier à l'autre, sous la surveillance de Misor, afin de tenter de réconcilier des tribus qui, dorénavant au paroxysme de la sauvagerie ! s'emploient à davantage et plus profondément se déchirer.

Malgré l'immense difficulté de la tâche et en dépit de ses réguliers propres doutes, son travail – humble et obstiné, finira par s'avérer payant.

Deux ou trois clans se fédèrent autour de l'inséparable duo, entraînant, peu à peu, dans la foulée, leurs propres alliés :

— « Formons une Famille élargie ! »

Il est d'ailleurs sympathique de constater que, aux rapprochements humains, correspondent des liaisons raffermies entre serviteurs : ces fidèles automates, qui ne lâchent pas d'une semelle leurs propriétaires !

Leurs buts s'avéreront-ils sempiternellement convergents ?

La « Seconde Coalition » en germe est bien décidée autant à propager la paix qu'à contrer les sournois ourdissements émanant conjointement des brigands, des soi-disant Sages et de l'Usine.

L'Espérance commune redevient, très clairement, pour ses membres, l'unique franche ligne de conduite !

Ladite progressive Alliance - dont l'ampleur se fait rapidement inespérée ! constituera, donc, l'embryon d'une deuxième « Fraternité » - animée de ce même précieux idéal, qu'il faudrait maintenir, coûte que coûte, si l'on veut rétablir Culture et Progrès !

C'est pourquoi, une année encore s'achevant à peine, la cohorte, considérablement grossie, insistera - au-delà de toute raisonnable limite ! pour que Django, à la façon ancienne, prenne la tête de l'unique « Confédération » humaine existante :

— « C'est le meilleur moyen d'agir efficacement et rapidement ! »,

Lui assène-t-on, à chacun de ses successifs refus.

Les arguments lui sont ainsi présentés :

— « Rassembler les convictions autour d'un symbole !

— Garantir l'Union !

— Incarner, très nettement, l'ultime Finalité ! »

Ainsi, pense alors l'Assemblée, elle deviendra aussi formidablement solide que les organisations mafieuses adverses – dont l'efficacité hiérarchique n'est plus à démontrer :

— « Eux ont des chefs autoritaires ! »

Enfin, la justification prédominante reste que, contre un féroce triple ennemi - largement identifié ! le « Clan des Pacifistes » se montrera d'autant plus redoutable qu'enfin pareillement structuré.

Durant plusieurs mois d'affilée, Django, effectivement, repousse l'idée.

Énergiquement !

Il n'aura pas oublié son propre passé d'anarchiste.

Son énergique refus de tout commandement !

Ses continuelles incitations pour que tous comptent à parts égales et que se développe, peu à peu, une autogestion raisonnée !

S'il acceptait ce poste de direction, il lui semblerait, par-là, renouer avec des cadres surannés, qu'il aura toujours jugés aussi pernicieux qu'inefficaces, les combattant sans relâche : des mécanismes du Pouvoir que, d'ailleurs, tous – unanimement ! depuis l'horrible interminable « Troisième Guerre Mondiale », assurent avoir définitivement rejetés :

— « Restons autonomes et libres ! »,

Ne cesse-t-il de conseiller alentour.

Cependant, s'il finira par céder, en cette fin d'un prometteur printemps, c'est qu'on l'aura poussé à bout, usant, jusqu'à la corde, sa naturelle patience, et que son jugement, à son insu, se retrouvera, progressivement, sévèrement altéré :

— « Si nous nous montrions aussi hiérarchisés que la Triade ou l'Usine, aussi bornés que les Mages, alors, peut-être, deviendrions-nous également, à leur image, une force de frappe qui compte véritablement … »

De plus, la distinction l'aura flatté, sans nul doute !

Une bizarre fierté miroite dans la flamme de son regard : n'est-il pas du « Peuple des Étoiles » - un représentant de ces « élus » qui auront, sempiternellement, fui les us et coutumes des masses sédentaires ?

Se retrouver à leur tête l'honorera, assurément, même si le procédé reste contraire autant à ses farouches instincts qu'à ses convictions les plus profondes.

Il est fort dommage que cette distinction agisse presque immédiatement sur son humeur, qui devient rapidement si despotique que, seul, son fidèle animal – au moins en apparence ! le supporte encore.

Mais le durcissement de l'âme de son propriétaire renforce ses propres convictions de mener, dorénavant, à bien, son combat personnel : sa lutte, depuis longtemps engagée, pour l'émancipation des robots !

L'« Alliance Fraternelle » offre un excellent tremplin, puisqu'elle est largement aussi « humaine » que « numérique » :

— « Il suffira de la trahir, au moment voulu ! »

D'où, lorsque l'ire de son chef se déclare, notre soi-disant serviteur n'obéira plus qu'en renâclant - ce que Django, imprudemment, prendra pour de simples foucades !

Mais l'acolyte guette, dans l'ombre, l'« Opportunité » !

Une inédite série d'événements bouleverse, d'autre part, le caractère et jusqu'aux tréfonds de l'identité du jeune homme.

Celle-ci, fatale et bouleversante, est liée à une puissante champêtre – tendre ! figuration : svelte et légère, sincère et authentique !

L'apparition se résumerait à un rire cristallin …

Un mois auparavant, durant l'une de ses pérégrinations pastorales (qu'il aime à multiplier, de façon à se familiariser avec le « Monde Perdu ») - toujours suivi de son chien bougonnant, l'adolescent se sera retrouvé, bien consciemment cette fois-ci, nez à nez avec Ambroisine.

Ce fut une révélation !

Un véritable coup de foudre !

Mutuel !

Lorsque Django réalisera que sa compagne ne reste pas insensible à ses charmes, il s'enhardira immodérément !

Quant à Ambroisine, bien timide, elle aborde des rivages jusque-là inconnus pour elle, mais pétillants de délicieuses sensations !

Ravi, l'âme en feu, on verra son soupirant revenir à la charge, sans se lasser !

Cependant, malheureusement, il n'est pas l'un des « Pères » ruraux - ce qui eût considérablement arrangé les affaires de notre paysanne …

D'où, dans son mental à elle, se creusera, inexorable ! l'amorce d'un déchirant dilemme.

Se soumettant aux lois de leur communauté agricole, elle ne pouvait s'unir avec un citadin :

— « Nous n'admettrons aucun Étranger ! »

Une Mission lui ayant été octroyée, elle ne saurait la trahir sans que le « Domaine » n'en souffre et, de ce fait, par précaution, ne la rejette !

À mesure que s'approfondit son inclination, notre fermière lit, d'ailleurs, une continuelle désapprobation, dans les regards de ses protégés, tandis que la rumeur, humaine et féminine, celle-là, enfle et la rattrape peu à peu :

— « Trahison, que de fréquenter un bourgeois !

— Cela justifie le bannissement ! »

Vulcor commence bientôt à jouer son rôle.

Lui sait, depuis longtemps, que les destinées desdits jeunes gens s'avèrent inexorablement liées : pour le meilleur et pour le pire …

C'est lui qui s'emploiera, par son aura rassérénante, à – incognito ! calmer les esprits et tempérer les jugements.

Son adversaire, Angel, n'a pas bien saisi la portée de l'événement : d'où, il n'intervient pas, se contentant d'observer, de loin, une situation, qu'il compte renverser à son unique profit.

Misor, alors, reste coi : c'est un problème qu'il n'aura jamais eu à résoudre.

Du coup, il se contentera de scruter la robuste femme au noble cœur.

Toutefois, à mesure que son âme se gonfle d'un amour inédit, l'innocente campagnarde perdra sa capacité à percevoir ses usuels compagnons, les Esprits de la Nature.

De leur côté aussi, rendus conscients de son inéluctable Destinée ainsi que de l'effet que celle-ci produira sur la Civilisation champêtre, les Génies – unanimes ! commencent à la fuir, tandis qu'elle semble perdre son précieux don :

— « Amis, où êtes-vous ?

— Je ne vous vois plus !

— Je ne vous entends pas davantage ! »

En vain, notre agricultrice arpente bois et champs :

— Montrez-vous, que nous puissions, à nouveau, travailler ensemble ! »

Flore et faune semblent, inéluctablement, la fuir !

Tout se désertifie autour d'elle.

Cette universelle Absence, perpétrée dans son dos : sa future union la palliera-t-elle ?

En conséquence du dramatique enchaînement, elle ne tardera pas à comparaître devant une vindicative assemblée des « Mères », qui ne saura, unanimement, que la chasser :

— « Vous avez perdu le Don !

— Vous avez laissé s'étioler votre précieuse Qualité ! »

Le projet s'esquisse de la remplacer, au plus vite, par une autre pure jeune fille !

La mort dans l'âme, Ambroisine fait une dernière fois le tour de ses champs, de ses étables et de ses écuries : irrémédiablement blessée, incapable de contenir l'émotion qui lui comprime la poitrine, elle est consciente que son cœur bat, cependant, mais battra, désormais, pour un autre !

— « Django ! »

Ce sont les « Étoiles », qu'elle aura immédiatement perçues, dans le clair regard de l'aimé !

— « Une si pure lumière ! »

Cette seule vision la guide - comme un phare dans la nuit ! tandis qu'à demi-consciente, elle renonce, pas à pas, à son propre monde – intensément vivant et vibrant !

Elle doit renier, un à un, l'intégralité de ces êtres qui l'aimaient et que, en retour, elle soignait avec un immense dévouement !

À l'intérieur des épaisses murailles, durant les longues journées où elle-même s'attarde – hésitant jusqu'à la dernière seconde ! le caractère de son promis s'altérera davantage.

Les sautes d'humeur de notre despote seront, en effet, devenues, inconsidérément, aussi violentes que fréquentes.

Des accès paroxystiques d'une rage furieuse lui font exiger une soumission, sans concession, de la totalité de ses proches !

En ce cas, plus aucune « Étoile » ne brille dans son regard, qui s'opacifie irrémédiablement.

À maintes reprises, le Clan aura supplié l'innocente Ambroisine de vite venir se joindre à lui.

L'Assemblée était certaine que, dès que la placide jeune femme ferait partie de la Communauté, sa tendresse et son amour rendraient au meneur son instinctive jovialité, sa légendaire humilité, sa naturelle simplicité et son insouciance d'un temps !

C'est, donc, le cœur léger - mais non sans quelques obscurs pressentiments, que notre cultivatrice franchit le noir Porche qui la séparait, jusque-là, d'un monde citadin qu'elle ignore totalement et dont elle appréhende autant l'agressivité que les débordements.

Effectivement, les artères défoncées, aux façades verdâtres, éboulées et taguées – marquées des successifs sceaux des clans victorieux ! s'avèrent d'un aspect peu engageant.

L'angoisse prend à la gorge, à mesure que s'estompe la tendre lisière de la Vie !

Cependant, sa « lune de miel » l'entraînera dans des tourbillons, jusqu'alors insoupçonnés !

Chavirera l'ensemble de sa personnalité !

La jeune femme incarne, littéralement, la béatitude, tandis que l'ombre du Domaine s'estompe, peu à peu, dans sa mémoire :

— « Qu'est-ce que la Création, sinon un Amour éternellement renouvelé !

— Une Promesse à l'Autre et à l'Ailleurs, sans cesse réitérée ! »

Toutefois, à peine va-t-elle – presque miraculeusement ! s'adapter à l'existence dans la Capitale que s'accentueront d'inexpectés problèmes.

Cette indépendante travailleuse, habituée à réagir à la force de ses bras, sera devenue l'incarnation même de l'autonomie – revendiquant, en son for intérieur, une pleine liberté, alors qu'elle doit, sans cesse, affecter de se plier aux terribles ires incontrôlées de son amant !

Quant à notre jeune homme – involontairement devenu despote, s'il connaît quelques saisons heureuses, dans la foulée de son union avec Ambroisine - qui comblait ses vœux les plus chers ! il s'en décevra d'autant plus profondément, à mesure que celle-ci, par chagrin et dépit, se refermera, peu à peu, sur elle-même.

Tous deux éprouvent alors, communément, une solitude, chaque jour croissante.

Heureusement, durant ses premières années de vie urbaine, la douceur et l'insistance de notre ex-cultivatrice permettront au Clan réuni de se concilier – au moins en partie, les « Mères » de la campagne.

Surmontant une réciproque méfiance - voire l'amertume de la trahison ! d'initiales passerelles pourront être jetées, entre des univers, originellement, tellement antagonistes, qu'ils se seront ignorés durant trop longtemps !

Du coup, un important noyau pacifique commence à se forger, probablement appelé à redevenir une sorte de « Nation ».

Pourtant, le rapprochement prometteur se sera effectué au prix d'une fondamentale duplicité – le pénible reniement d'Ambroisine !

Ce que les uns et les autres - chacun à sa façon, ne pourront que durablement ressentir.

Concomitamment, d'inquiétantes révélations se font jour, en provenance de la secrète « Union des Intelligences Artificielles ».

Des bribes en arrivent aux humains, qui se prennent, malgré eux, d'une anxiété croissante !

Misor acquiert la certitude que l'Usine – aux fins, jusque-là, si mystérieuses ! appartient à une Secte Intergalactique inconnue, qui fomente les projets d'invasion les plus sombres.

La dernière entreprise terrestre alimente ces noirs personnages en un vital armement : des moyens qui se font de plus en plus sophistiqués !

Et un troupeau d'esclaves humains, trié sur le volet, participe, ainsi, à son propre futur anéantissement !

Du plus profondément que le robot scrute sa formidable Mémoire, aucune référence ne lui permet d'identifier, véritablement, ladite redoutable conjuration, aux origines trop lointaines.

Angel est un « ange », par rapport à ces Forces Maléfiques, venues des extrémités du Cosmos !

— « Jour après jour, nos automates sont livrés à des monstres, qui les retourneront – infailliblement ! contre nous tous. »

Le chien a réuni l'assemblée de ses collègues, sans trouver d'issue au problème inédit qui se pose, avec une extraordinaire acuité :

— « Peut-on empêcher ces robots guerriers d'arriver à destination ?

— Saurait-on en saboter l'élaboration ?

— Comment interdire toute ingérence de leur part dans la Mémoire des automates terrestres ?

— Sommes-nous capables de contrer les engins ailés, tellement rapides ! qui deviennent majoritaires, dans les dernières séries ? »

Nul, d'ailleurs - ni organisme, ni mécanique, ne réalise à quel point les dissonances terrestres vont, bientôt, s'alimenter et s'amplifier d'autres querelles, qui arborent déjà une envergure universelle.

Dans la stricte dimension galactique, appuyé par les Sages autant que la Mafia, Angel a entrepris de soudoyer le plus grand nombre possible de citadins.

Concomitamment, Vulcor, à maintes reprises écœuré par l'irascibilité de son ex-protégé, soutient désormais, par prédilection – les appuyant de sa formidable puissance ! les généreux et sincères ruraux, se faisant, notamment, en chaque occasion qui se présente, le défenseur d'Ambroisine.

À une échelle plus vaste, aucun de ces adversaires ne mesure les « Causes » profondes, qui bouillonnent déjà : prêtes à submerger l'intégralité du Cosmos !

« Les nouveaux débuts sont souvent déguisés en douloureuses fins ». Lao Tzu.

16.La Rupture

C'est un formidable ouragan – l'un de ces imparables coups du sort, que le Clan, globalement, n'aura pas su prévenir, lorsque la campagne, magnifiquement réanimée par Vulcor, lâche soudain Ambroisine et Django : d'un coup, pour on ne sait quelle secrète raison, et sans même prévenir !

Ostracisant la Capitale !

— « Nous rétablissons une Frontière infranchissable, inviolable ! »,

Aura institué l'Assemblée des Mères, avide de retrouver un air sain, une existence sereine, un quotidien sans surprise, de par sa rupture consommée d'avec les gangs citadins.

Nos agricultrices s'avèrent, bien entendu, formidablement conscientes d'y avoir laissé l'une des leurs – et non des moindres !

Mais une inflexibilité - sans pitié ! domine :

— « Nous n'avons aucun droit de nous attendrir ! »,

Constate-t-on, unanimement, tandis qu'un mur, menaçant ! - vite dressé, grâce au « Pouvoir », entérine la séparation :

— « Ambroisine aura eu toute latitude de faire son choix ! »,

Reste la commune considération, à laquelle chaque participante opine.

Tandis que la ville voit inexorablement se rétrécir, comme peau de chagrin, son territoire - perdant les zones les plus vivantes, le

« Domaine » retrouve, au contraire, de par son affranchissement d'avec les bourgeois – consacrant le rétablissement de sa pleine et entière autonomie, son « bon sens » besogneux et les fécondes intuitions qui y font merveille !

Les armées de Vulcor, qui l'alimentent et le soutiennent sans relâche, ne peuvent que l'admirer et se féliciter de leur judicieux choix !

— « Restaurons la Nature, dans son intégralité : l'ensemble de ses Forces Vives ! C'est là le seul objectif qui importe ! »

Ici, parmi une abondante flore, une faune mi-sauvage, mi-domestiquée, les humains, indéfectiblement alliés aux Esprits de la Nature, vivent continuellement sous l'emprise du terrain, des saisons, d'inexpectées circonstances : innovant systématiquement, inventant, à chaque fois, des solutions particulières, ce qui les rendra les mieux adaptées comme les plus efficaces.

La vie s'y montre sous son vrai jour : fondamentalement polymorphe !

Tellement puissamment imprévisible que l'émerveillement s'en fera constant !

De plus, ses figurations s'épanouiront de façon si identitairement accomplies, chacune, pour que l'on s'attache, plus spécifiquement, à l'une ou à l'autre, butinant d'un attrait au suivant, enchaînant les passions, l'esprit continuellement réanimé par la variété des inventions de la Création !

En chaque pétale, le cœur se perd !

L'âme se reconnaît, infailliblement ! lorsqu'elle suit les entrelacs des bourgeons.

Tandis que les ruraux se confortent dans leur originelle allégresse - servant sans compter l'Élan Vital ! à l'intérieur des murailles, inexorablement refermées, chacun oublie jusqu'à l'idée même de l'existence d'un autre type de paysages.

L'accès désormais tari à l'abondance vitale, la population finit par s'y perdre en hargneuses futilités !

Si nous retraçons le tortueux et pénible parcours mental qu'aura dû opérer Ambroisine, depuis qu'elle a rejoint son amant et tenté de chasser de ses pensées sa chère campagne, nous ne pouvons que souligner son insondable stupeur, lorsqu'elle avait découvert – puis qu'elle se sera appropriée, pas à pas, dans sa pleine dimension, la « Réalité augmentée », si chère aux citadins.

Partout, s'érigent, brutalement, des architectures complexes, remaniées l'instant suivant !

Les multiples objets dont chacun s'entoure sont autant de barrages à sa propre croissance : n'a-t-on pas de suffisantes facultés ?

Doit-on, ainsi, déléguer à un amoncellement de choses ce que l'on pourrait se contenter d'avoir pensé, médité, senti, vécu, conçu – presque sans outil ?

Le corps humain n'est-il pas achevé, efficient, autonome ?

— « Nous sommes assez télépathes pour nous passer de téléphone, suffisamment imaginatifs pour nous détacher des spectacles standardisés que nous offrent les hologrammes fallacieux et les écrans trompeurs, d'une telle efficience et habileté qu'il nous est facile de tâter, palper, modeler avec nos mains, indéfectiblement supportées par la merveilleuse synergie de tous nos sens : sans répit attentifs à autrui, au lieu de nous replier sur nous-mêmes ! »

Songeait la jeune femme - en son for intérieur, quelque peu désemparée par les scènes auxquelles elle assiste quotidiennement.

Son impression dominante reste que les citadins s'érigent, sans cesse, des barrières, contre une réalité qu'ils fuient :

s'emprisonnant dans les décors qu'ils agencent, pour éviter de tourner les yeux vers l'extérieur !

La population de la Capitale ne se contente pas, en effet, d'assouvir, au moyen du « Don », le moindre de ses désirs.

On y forge d'irréels mondes, on s'invente des services, on se fie aveuglément aux représentations organisées par les automates, jusqu'à ce que le soleil lui-même ne finisse par s'en obscurcir !

Dans sa ferme d'origine, notre cultivatrice n'aurait guère songé à ces artificiels méandres ou subtiles prolongations – de bien évanescentes béquilles ! tant elle avait l'habitude de scruter la Vie, pour, spontanément, se plier à ses lois : se fiant aux solides arcanes d'une Manifestation, bien réelle !

— « Une fois réchauffé et alimenté, que nous sert de nous voiler la face ?

— Autant explorer les paysages qui s'ouvrent sous nos pas ! »

D'où, elle-même n'aura jamais usé du « Pouvoir » que de façon éphémère – exclusivement afin d'assouvir d'impérieux besoins, en profitant pour consacrer davantage d'énergie et de temps à sa tâche revivifiante : la résurrection de l'ensemble des règnes, dans leur état le moins corrompu !

— « Il reste tant à faire, notre Mission est si incomplètement remplie, que nous n'avons pas le droit d'en détourner le regard ! »

Résumait son ancienne obsession, celle qui, bien malgré elle, la taraudait toujours !

En ville, l'environnement s'avère majoritairement frelaté, contrefait, encore redéformé sous l'esclavage d'artificielles lumières.

Les vifs fondements naturels s'y font totalement absents, tandis que la cupidité humaine aura tout défiguré sur son passage !

Vivant de façon davantage urbaine, Ambroisine emploiera son énergie à assumer son rôle intime d'interface.

Réconciliant, en son sein, deux peuples divergents, elle n'ignore cependant pas qu'elle est régulièrement vilipendée, de l'autre côté de la frontière, par son ancien voisinage.

Parallèlement, autour d'elle, du félon « Domaine » d'où elle est issue, on affirme, haut et fort ! Davantage bruyamment à mesure que les langues se délient ! que :

— « À dater de la brutale sécession provoquée depuis là-bas, on ne veut plus l'approcher ni le côtoyer ! »

D'où, fièrement, ravalant ses regrets, l'ex-rurale devra officiellement renchérir, détaillant à quel point elle ne souhaite dorénavant plus entretenir le moindre contact avec ces champs et ces prés qui, pourtant, auront tendrement et généreusement bercé sa jeunesse !

Cependant, en son for intérieur, c'est bien douloureusement que notre ex-cultivatrice aura éprouvé chaque étape de sa désunion d'avec ses plus proches.

D'autant qu'elle reste mal à l'aise, au milieu des blocs de béton : souffrant davantage, chaque jour, corollairement de l'absence du Vivant et de l'autoritarisme exacerbé dont ne se lasse pas son conjoint.

Bien qu'elle ne découle que de l'expression de son profond désespoir, le couple finira par se ressentir de l'humeur maussade que la jeune femme arbore, avec une fréquence croissante !

Enfin, lorsqu'elle le contemple, par le truchement du regard de ses origines, Ambroisine s'estime moins proche de Django.

Malgré un spiritualisme initialement partagé, leurs divergences lui apparaissent, désormais, trop nettement, pour qu'elle puisse les gommer :

— « Dans la Nature, notre être entier est gouverné par l'Immensité !

— Une Beauté et une Vérité que nous ne parviendrons jamais à cerner dans leur intégralité ! »

Quant à lui, Django, bien que son orgueil s'avère le principal responsable de l'impasse où il se trouve, il finira par souffrir doublement, autant en son intimité que dans son rôle public, de la haine qui grandit autour de lui.

Il y perdra, une à une, ses convictions les plus sincères - aussi bien personnelles que sociales ! en même temps que le feu de l'incommensurable passion qui les aura si longtemps portées !

Renforçant le funeste pourrissement des relations et des idéaux, une Noire Conspiration, animée par Angel - ouvertement triomphante ! s'empare enfin de l'Usine d'Automates, au grand dam des représentants de l'Intelligence Artificielle, qui s'unissent plus étroitement encore, de façon à inventer d'efficaces parades …

C'est, fort commotionnée par ces tragiques circonstances, que, son insondable découragement l'y poussant, Ambroisine éprouve pleinement, à travers chaque cellule de son corps, l'incessant dilemme « Amour -Mort » :

— « Que d'extinctions, provoquées par de nobles passions, que d'attachements, révélés par l'éloignement ? »

De la « Manifestation » ou du « Néant », quelle suprême Orientation choisiront les Forces Créatrices ?

La Quadrature du Cercle

« Quoi ! nous sommes encore aux temps où la Tournelle,

Déclarant la magie impie et criminelle,

Lui dressait un bûcher par arrêt de la cour,

Et le dernier sorcier qu'on brûle, c'est l'Amour ! »

« La Légende des siècles », Victor Hugo

17.Mages et Magiciens

Il fut une Époque bénie – une très longue ère ! dont l'ancienneté remonterait quasiment à « la Nuit des Temps », durant laquelle les Hommes, que nous qualifions actuellement de « primitifs », éprouvaient, tout naturellement, leur union directe à d'actives « Forces de Vie ».

Spontanément, chacun dialoguait avec son Créateur, dont il recevait personnellement, en retour, de clairs messages télépathiques.

Jusqu'à d'autoritaires rappels à l'ordre !

Desquels les Éléments se faisaient les Divins Messagers …

Durant cette période – bienheureuse entre toutes ! Un faisceau énergétique immaculé – une sorte de cordon ombilical spirituel, reliait ostensiblement chaque créature (toutes le percevaient consciemment) à son Origine.

On pouvait alors, se tournant vers le ciel et son Astre flamboyant, se plaindre d'une chasse infructueuse, remercier pour une naissance, écouter les derniers murmures que proférait un récent défunt …

L'Homme se savait Un !

La multiplicité des âmes et des organismes n'était qu'apparente.

L'entraide devenait un réflexe de chaque instant !

Les récoltes se partageaient, les efforts mutualisaient, les pensées, invariablement, s'interreliaient …

Oui, malgré de dures conditions physiques, c'était un Âge à jamais Paisible, marqué par l'abondance et la prospérité !

Un resplendissant Éden, en lequel dominait l'allégresse !

Une phase, résolument sincère, au cours de laquelle l'amour, innocemment vécu, faisait que l'espèce, suivant sa propre inclination, « croissait et multipliait » - sans même songer à dissimuler sa semi-nudité.

Certes, un incommensurable Respect portait les Clans à déifier chacune des « Forces Naturelles » qu'ils identifiaient, isolant, par-là, des facettes bien spécialisées.

Toutefois, cette idolâtrie naissante se nourrissait beaucoup plus d'une instinctive Reconnaissance qu'elle n'était mue par une crainte aveugle.

Il s'agissait, très exactement, d'une ininterrompue « Action de Grâces » !

En profondeur, lesdites tribus savaient, collectivement, émettre de puissants Vœux, que l'Univers exauçait aussitôt !

Elles inventaient des formules et des prières que l'Holos, tout entier, écoutait !

Se sentant ouïes et comprises, en retour, elles observaient et entendaient avec davantage d'acuité !

Nulle Magie instituée, aucune Secte ni Religion ne leur étaient, alors, nécessaires !

Le membre le plus insignifiant de la vaste famille accédait, personnellement, au Divin !

Pas le moindre embryon de Politique, non plus, puisque dominaient d'Immuables Cycles …

Par instinct, chacun cultivait habilement, en son for intérieur, son « sixième sens », lui permettant d'entretenir et de fortifier l'Image du précieux laiteux Canal – ce « cordon de lumière », qui irradiait intensément, depuis le haut du crâne, reliant, indéfectiblement, l'apparente Multiplicité à une Impersonnelle « Conscience Globale ».

Lorsque l'on divergeait, donc, on s'éprouvait, concomitamment, comme soudés ; quand on ressentait intensément sa propre consubstantialité d'avec le Primordial Principe, la Fusion s'opérait par le truchement d'une pleine et entière Reconnaissance de l'Essentielle Diversité.

Ceci se passait durant la prime Enfance des Civilisations : une enfilade de siècles – trop souvent dédaigneusement ! rassemblée sous le vocable de « préhistorique » : d'une innocence et d'une pureté extrêmes ! au cours de laquelle les noirceurs de l'âme humaine n'étaient pas encore apparues.

Certains extralucides profitaient de sens particulièrement aiguisés pour, généreusement, secourir leurs compagnons.

En retour, on les aidait aussi, comme on le pouvait.

Cependant, dans l'ombre, inaugurant les prémices de l'« Histoire » humaine (on n'osera la taxer de « Grande » !), un petit noyau d'ambitieux personnages noua et entrelaça de secrètes « Alliances ».

Eux rêvaient d'un Pouvoir Absolu !

Ils envisageaient une despotique mainmise sur la masse indistincte de leur prochain, projetant, parallèlement, de remodeler, intégralement, l'Univers, d'après de courtes égoïstes vues.

Tout d'abord, ces vils envieux - jaloux des simples bonheurs qui suffisaient à leurs semblables, conspirèrent à les dévoyer : il fallut se vêtir et se dissimuler !

Se parer d'ornements et/ou d'officiels attributs !

Faire taire son âme en cachant son corps …

Dans la foulée de cette attaque initiale, ils amoindrissaient, inévitablement, les qualités naturelles propres aux véritables voyants et magnanimes guérisseurs – eux qui, prodigues, s'employaient à répandre, en nombre, autour d'eux, Joie et Santé !

S'attachant à les vilipender - cyniquement ! les désignant, inlassablement, à la vindicte populaire, allant même jusqu'à physiquement les martyriser, les odieux conjurés ne cessèrent d'y opposer, tour à tour, les échafaudages bancals d'ignobles arguties : un savant amalgame de dogmes mutilants, humiliants, asservissants, aliénants – davantage nocifs à mesure que leurs auteurs excellèrent à les rédiger, s'emparant, bientôt, de tous les domaines d'une « Connaissance » humaine, sur laquelle ils tentèrent de, globalement ! légiférer.

Bien entendu, ils se protégèrent, presque immédiatement, en rendant héréditaires les « privilèges » et les « distinctions » qu'ils s'octroyaient, de plus en plus ouvertement !

Ces âmes ténébreuses n'avaient pas besoin d'aide pour perpétrer leurs abjects ourdissements !

Pourtant, ravi de ce qu'il observait, Angel, dès les prémices de l'expansion humaine, considéra que ces précurseurs – bien organisés ! ne pourraient qu'incommensurablement l'épauler dans les desseins qu'il forgeait envers une race qu'il comptait, bien évidemment, asservir à son propre profit !

D'où, il courtisa – sans peine, ces officiels « Sages », qui prétendaient faire main basse sur la Civilisation, les y appuyant sans se lasser.

Notamment, usant de leur collective cupidité, il les structura et les hiérarchisa, si subtilement ! que le véritable Pouvoir devint invisible.

Charmés, hypnotisés, flattés autant en leur vilenie que dans leur petitesse d'esprit, lesdits « Mages » (fort peu magiciens !) s'unirent plus étroitement à l'Ange noir, faisant ostensiblement valoir, auprès des populations dont ils endiguaient les prérogatives, cet inconditionnel surnaturel soutien, pour se tailler d'immenses possessions et s'inventer force titres honorifiques.

Dans le même temps, ils parcouraient, en tous sens, la ville et la campagne, propageant, sans discontinuer, les « dogmes » qu'ils élaboraient, en étroite collaboration avec l'armée des puissances maléfiques.

Cela avait été tellement facile que l'infâme Angel ne put que s'en frotter les mains : la race humaine serait bientôt à lui !

Pour cela, il fallait, davantage encore, contraindre les foules : de réguliers complexes rites collectifs les réunirent - des cérémonies fastueuses, auxquelles on pouvait difficilement échapper.

On eût alors été la proie de l'opprobre public : soi-même nommément déshonoré, la famille souillée, la lignée, le plus souvent, bannie …

Un véritable « Pouvoir » occulte s'érigea donc, qui ternit irrémédiablement, en chacun, la capacité personnelle innée qu'il avait de se relier aux Forces de la Création.

On n'osa plus parler, intimement, véritablement, en pleine honnêteté ! à ces Dieux, tout personnels ! qui se manifestent – si évidemment ! dans chaque parcelle de leur collective Création.

Nul ne conserva l'innocente capacité à s'émerveiller !

La foule crut définitivement absent le Monde Surnaturel, hors des cérémonies appropriées, qui lui étaient imposées !

Puis, comme les « Sages » se disputaient – s'entre-déchiraient ! naquirent de virulentes Sectes, qui ne tardèrent pas à s'affronter.

Ceci se produisit avant l'Adolescence Humaine.

Bien que : ladite race est-elle jamais arrivée à maturité ?

Au vu de ses usuelles réactions, on peut parfois en douter !

Des millénaires plus tard, dans notre capitale déchue, comme elle semble, à nouveau, parvenue à un faîte de sa puissance (même si elle échoue encore à créer un consensus parmi les bandes rivales), l'« Assemblée des Mages » – désireuse d'imposer, une fois pour toutes, sa démoniaque Autorité, propose astucieusement au couple dominant - Django et Ambroisine, de les unir pompeusement – réinventant, de toutes pièces, un rite, à l'image de ces anciens « mariages » - que célébrait une formidable liesse publique, avant la « Troisième Guerre Mondiale ».

Ingénument – ignorant les finalités profondes de l'étrange proposition, nos soupirants acceptent de se soumettre à un protocole qui vient, expressément, d'être mis au point pour eux.

Cela leur semble, à tous deux, d'autant plus judicieux, que d'intimes divergences commencent à se faire apparentes, et qu'elles ne tarderaient pas à gagner la place publique.

D'où, une fois accepté le principe de la cérémonie, les préparatifs vont bon train.

Le Carré central de la capitale est systématiquement nettoyé.

Généralisant le « Signe », l'Autorité déverrouille les Formes qui enclavent les différentes Castes.

Avec surprise, on dégage le « Cercle des Origines », en son milieu, sans bien comprendre le Symbole qu'il représente.

Mais c'est là, en ce Cœur mésestimé, que se déroulera le rite qui vient d'être inventé.

C'est au Centre du Cercle que Django reconnaîtra sa femme.

C'est au Centre de Cercle, aussi, qu'en réponse, Ambroisine se soumettra à lui et lui prêtera serment, avant que ne s'élèvent des milliers de « Vivats » et d'applaudissements.

Pendant ce temps, le « Carré » lui-même grouille d'autoproclamés « officiels » en tous genres, parmi lesquels déambulent quelques brigands et mafieux, avides de rapines et de trahison !

D'intrigants personnages, brillamment parés, y sont présents aussi, entourés de leurs acolytes : autant Vulcor qu'Angel et les principaux membres de la Confédération Intergalactique.

Parmi eux circulent, en toute liberté (puisque les humains ordinaires ne les perçoivent pas), les cohortes des Esprits de la Nature, heureuses de célébrer l'une de leurs égéries passées.

Puis, plus loin, les « Rectangles » allongés accueillent des foules disparates, émanant des quartiers et de l'enceinte : prêtes à en découdre à la moindre provocation !

Une rangée d'ouvriers de l'Usine se tient résolument à part.

Ensuite, de festin en fête, durant plusieurs inoubliables journées, alternant tablées bien garnies et folles débandades – des heures entièrement dévolues à leur apothéose ! les présumés « Souverains » vont apparaître comme réconciliés et sereins.

Simultanément, profitant de la large participation populaire aux cérémonies et aux réjouissances, misant sur sa complicité d'avec les « Mages », qui ne pourraient que l'appuyer, sans bruit, la Mafia raffermit son pouvoir sur l'Usine d'Automates.

Heureusement, grâce aux robots eux-mêmes, qui mènent immédiatement une sarabande infernale ! - alternant grèves et sabotages, la sombre Organisation ne s'assujettira jamais pleinement ce lieu si convoité.

Raffermi dans son rôle de chef - en prélude à une impitoyable Résistance, Misor médite, désormais, sur la rapide mise en place d'une autofabrication des robots — écartant systématiquement la moindre intervention humaine.

Au point où en est la technique, la pleine et entière autogestion de leur propre élaboration s'avère à leur portée.

Par rebond, elle offrira, d'emblée, de considérables améliorations !

Mieux qu'une lutte sauvage, cette autonomie ne pourra que conduire les Intelligences Artificielles à une pleine et libre condition : définitivement indépendante !

« Une clameur géante sortait des choses comme un prélude d'apocalypse jetant l'effroi des fins de monde. »

« Pêcheur d'Islande », Pierre Loti.

18.La Libération ; La Grande Catastrophe

Au cours des successives secousses qui auront ébranlé les malhabiles tentatives de réorganisation terrestre, la population, tout à son idéal naissant, ballottée entre diverses influences – plus perfides les unes que les autres ! aura totalement oublié jusqu'à l'existence des « Martiens » : ces gouvernants d'antan, que l'on suppose, dorénavant, confortablement installés sur la planète rouge, dont on se garderait bien d'écouter la moindre Ordonnance, s'il en pleuvait ! et dont on évite, sciemment, de prendre des nouvelles, ne serait-ce qu'auprès de la Mafia qui, elle, semble être restée davantage en contact !

C'est un fait : d'une mutation à la suivante, la vie a évolué d'une façon si surprenante, sur la vieille Planète Bleue, et sa propre résistance semble telle ! que les anciens Magnats – que la verve populaire a déjà surnommés « les Déchus », ne pourraient plus raisonner, aujourd'hui, à partir des fallacieux concepts qui régissaient les sociétés d'antan !

Les Principes essentiels de la Physique ont subi une complète métamorphose !

La Politique elle-même, une transfiguration !

Quant au quotidien de l'existence, les nécessaires contraintes de la survie en auront bouleversé la moindre antique Valeur !

Avoir intégré, une à une, ces Essentielles Transmutations – animés d'une pleine acceptation, c'est l'inédite force des « Pacifistes » que mène Django, qui restent entièrement dévolus à leur double mission.

S'efforçant de réconcilier les tribus guerrières, ils ne cessent de contrer les méfaits d'une Pègre savamment architecturée et particulièrement corrompue, mais, à l'image des Autorités démissionnaires, de plus en plus vulnérable.

Sa faiblesse, en effet, provient - comme pour les ex-gouvernants, de ce qu'elle aura fait une fixation sur des us et coutumes révolus, ce qui rend caduque son mode de pensée et bien archaïque l'organisation dont elle se vante.

D'autre part, on conserve une instinctive méfiance vis-à-vis des théories rigides propagées par les « Mages » : sans se l'avouer encore, l'âme devine, déjà, les pernicieuses incidences de ces fallacieux dogmes, dont l'attrait faiblit considérablement.

Peu à peu, l'idéaliste « Fédération » grandit et affirme, haut et fort ! la nécessité vitale d'une révolutionnaire « Autogestion » – compensant, par-là, l'aspect chaotique de sa progression :

— « Le plus important, c'est la Liberté individuelle, seule efficiente à la Libération des Âmes ! »

Depuis peu, studieusement, son officielle « Assemblée » élue s'emploie, sans relâche, à peaufiner des lois « justes et viables », énoncées dans le respect de chaque individu de la communauté.

Partout, on répète :

— « La Liberté de Chacun s'arrête où commence celle d'Autrui : c'est sur ce fragile équilibre que nous devons appuyer nos réformes ! »

La tâche s'avère d'ampleur, l'astreinte démesurément contraignante, mais quelques jalons se posent, qui supportent, d'emblée, les espoirs les plus fous :

— « Le Respect Mutuel est la Pierre Angulaire de toute Société.

— Cultivons nos différences, elles nourriront de magnifiques dialogues !

— Aimons des pensées qui se situent aux antipodes des nôtres ! »

À travers une expression multiforme et sans contrainte, le débat cherche, parallèlement, à renouer avec l'ensemble des secteurs culturels que l'on aura - depuis si longtemps ! délaissés :

— « Au-delà des mots, il y a la langue ciselée, les sons, les images ...

— Par leur structuration, notre Vie reprend sens ! »

On aspire autant aux arts qu'aux sciences, tandis que s'esquissent déjà, à même les pavés des architectures en ruines, d'initiales chorégraphies – plus ou moins spontanées, et des pièces de théâtre, malhabilement improvisées.

L'Homme ne demande qu'à renaître, qu'à se dépouiller de ses erreurs passées, qu'à défricher les nobles Figurations d'une sublime Intuition qui le portera, nécessairement, à un brillant avenir !

Ces fulgurantes avancées restent, malheureusement, ponctuées par les injustes dénonciations des « Sages », qui prennent prétexte de leurs propres « dogmes » pour dénigrer, parfois même torturer, assassiner et réduire au silence les penseurs les plus courageux.

Dans cette atmosphère vibrant d'un enthousiasme quasi irréel, c'est l'attente de leur premier enfant qui va, cette fois-ci, pour de bon ! définitivement rapprocher Ambroisine et Django : une Ambroisine au corps particulièrement épanoui, à la beauté rayonnante, que l'attente de l'heureux événement aide à renouer avec sa juvénile patience, un Django dont les espérances, comblées ! le portent, dorénavant – s'étant dépouillé de son orgueil, à l'humble action de grâces !

La future naissance serait appelée à sceller – incarnant plus que symboliquement ! l'exact « Pacte » qui, au grand dam des

Puissances Obscures, fonderait littéralement un novateur projet de Civilisation.

L'espoir s'avère d'autant plus intense que ledit rejeton sera, effectivement, le premier à allier, en son sang, les deux grands courants – malheureusement à nouveau scindés, de la « Ville » et de la « Campagne ».

Qui sait, lui, par cette double hérédité, réussirait-il à opérer la nécessaire « Grande Réunification » des ruraux et des citadins ?

Celle qui, seule, pourrait consacrer la « Pacification générale » – tant attendue ! que l'on souhaite de longue durée :

— « Celle qui créerait une véritable « Nation » ! »

Mue par la joie de l'attente, cette fois-ci, Ambroisine franchit l'inexorable « mur » : elle doit parler aux « Mères » et aux « Pères » !

Au début, c'est un double monologue, tant les esprits se ressentent encore des trahisons successives.

Puis, peu à peu, sa condition même permet à la bientôt parturiente, animée par les étroites sensations qui l'unissent à son futur petit, de tisser ponts et passerelles : ce qui lui sera d'autant plus facile qu'elle ne peut que s'émouvoir de tout ce qui se passe au « Domaine », en vibrant conjointement, d'autre part, aux tentatives de reconstruction sociale émanant des citadins.

Elle obtiendra un plein succès !

Effectivement, guère avant son accouchement, on formulera une première esquisse de ce qui pourrait devenir l'Introduction à une « Charte », littéralement fondatrice.

Pour ceux qui perçoivent les implications sous-jacentes de ces initiales promesses, elles semblent déjà forger la première brique du complexe « Code » qui sera nécessaire à l'« Union ».

L'objectif corollaire, qui s'avérerait, peu à peu, d'amalgamer, en douceur, les deux principaux courants culturels, s'y dessinerait partiellement.

Concomitamment, de part et d'autre, on accepte, enfin, de se prendre en compte.

On entreprend de s'écouter, on s'emploie à se rencontrer, on forge d'initiaux projets, on envisage de travailler ensemble !

Lorsque ladite « Alliance » prendra pleinement forme, elle remaniera, en outre, le rapport au monde le plus immédiat et le plus quotidien.

En effet, elle appelle déjà à une véritable métamorphose.

Remodelant autant les perceptions que les pensées, elle ne peut qu'engendrer une inédite synthèse entre « concret » et « virtuel », dont les forces antagonistes, différemment alliées, trouveront de nouveaux types de régulation, bien plus proches du « bon sens » dont fait continuellement preuve le « Domaine ».

Obéissant aux impératifs d'une jouissance raisonnée du « Pouvoir », la « Communauté » naissante - outre le développement, tant attendu, d'un indispensable « Bien Collectif », souhaite établir une véritable démocratie participative.

C'est ce qui paraît, alors, primer !

Chacun doit prendre en charge et porter ou s'insurger contre l'ensemble des propositions : les repoussant, les acceptant, les inclinant, les remodelant, au besoin, puis, jouant un rôle actif dans leur réalisation.

Pour sa part, Django est fermement résolu à s'effacer.

Devenue quasiment autogérée, l'« Assemblée » ne conservera, dudit « chef », que le symbole : une vivante et vibrante incarnation de la victoire de la Paix !

Chacun s'y efforce d'endosser pleinement les droits et devoirs découlant d'une inédite exigeante « Autonomie », gardant à l'esprit l'image – bénie ! d'une « Liberté » : conquise de haute lutte, avant de s'éprouver, jour après jour, comme si impérieusement nécessaire :

— « Tout être doit penser par lui-même ! »

Ne s'y adjoindrait que la volonté accrue de subordination individuelle à une « Entente », désormais incontournable : une suprême qualité, qui constitue l'indispensable moteur des évolutions en germe.

Massivement, on souhaite l'ultime victoire de cette « Coopération » réinventée !

— « Partageons les avoirs et les savoirs ! »

Elle sera d'autant plus inéluctablement consentie que, contrairement aux obscurs égoïstes desseins de l'alliance des « Mages » et de la Triade, elle s'inscrit, très directement, dans la Ligne Lumineuse que tracent des Forces Vitales Universelles en perpétuelle Expansion.

Chaque rai argenté, émanant des amas d'étoiles, en symbolise l'inéluctable pure et claire Naissance !

Bien entendu, ce sont les armées de Vulcor qui mènent la danse : elles auront définitivement décidé de participer à l'essor des humains, dans leurs courageux efforts pour réaccéder à une authentique Civilisation, retrouvant, par-là, leur Dignité perdue.

Ce puissant personnage inspire incommensurablement Django, qui ne se réveille, désormais, à l'aube, qu'empli de formidables intuitions. N'en imaginant pas la provenance, ledit mentor ne peut que remercier la Providence, souhaitant, de tout son cœur, le rapide essor de l'« Union » que l'on architecture.

Quant à son Égérie, elle se penche, désormais, sur un berceau qui condense et rassemble toutes les espérances : un fragile abri, si peu protégé au milieu des ruines ! au centre duquel respire un bébé dodu, bien charpenté, aux yeux sombres, au sourire charmeur, à la tignasse brune et drue !

Au-delà de cette bien émouvante vision, Vulcor apprécie le « Don » total – irraisonné ! par lequel Ambroisine assume véritablement son rôle de mère : elle porte une absolue attention à se montrer - aussi charnellement que spirituellement ! entièrement dévolue à son fils.

Cependant, les problèmes vont moins provenir des difficultés inhérentes à l'organisation sociale renaissante (malgré l'ampleur considérable des obstacles qui se dressent encore contre elle) que des conditions physiques elles-mêmes de la survie, dont on aura trop vite oublié la précarité.

Déjà, le rapide revirement des pôles magnétiques – initié dès la fin de la « Troisième Guerre Mondiale », puis, progressivement, inexorablement accéléré, aura infléchi le fonctionnement des chaînes de montage : de gigantesques pannes d'électricité paralyseront, à maintes reprises, l'Usine, déréglant, aussi, certains Automates.

Les contrastes climatiques accentués continuent à décimer les rares espèces survivantes, autant sur la majorité des terres émergées que dans les océans – tandis que se multiplient, partout, des rayonnements cosmiques à l'impact des plus nocifs.

L'inversion finale des pôles prendrait à peine une demi-journée !

Propulsant les derniers vestiges d'une Civilisation tout juste renaissante dans un définitif néant.

Que dire, parallèlement, des super-volcans, que l'on sent inexorablement se réveiller un à un, eux qui engendreraient d'extraordinaires tsunamis, tout en obscurcissant, irrémédiablement, une atmosphère refroidie par d'épaisses couches de cendres !

Que penser de ces astéroïdes, dont plusieurs auront, déjà, à maintes reprises, fracturé des biotopes entiers !

À chaque fois, quelques heures suffiraient pour que disparaisse l'Humanité !

On appréhende, donc - aussi confusément qu'intensément, cette « Grande Catastrophe » tant annoncée !

Sans, toutefois, savoir quelle tournure elle prendra.

D'où, l'idée se mue en une terreur diffuse, qui alimente les cauchemars nocturnes et provoque de brusques réveils en sueur, durant lesquels, rasséréné, chacun happe goulûment la Vie !

Paradoxalement, c'est dès que s'assurent et se concrétisent les premiers espoirs de Paix - grâce à la légifération en cours, que, soudain, aux tréfonds d'une fatale nuit, brusquement, la Terre va se réveiller de toutes parts.

Comme un malade en sursis, dont, d'un seul coup, les symptômes se manifesteraient avec une extraordinaire acuité !

Effectivement, brutalement, sans prévenir, le sol tremble.

On voit, à l'horizon, ramper d'énormes amas de sanguinolentes laves, tandis que l'air s'alourdit de vapeurs pestilentielles et que l'océan lui-même, secoué d'extraordinaires convulsions, crève la digue, charriant des détritus jusqu'aux abords mêmes du « Domaine ».

Dans cette atmosphère putride, la vie tient à un fil : l'artificielle colline concentrique qui, pour l'instant, recrée, de toutes pièces, un microcosme à peu près protégé.

Partout autour, les éléments, déchaînés, rugissent et trépignent, d'énormes raz-de-marée submergeant la majeure partie des plaines côtières et des îles, tandis qu'un effrayant grondement sourd, des entrailles de la Terre jusqu'aux lèvres ouvertes des volcans gémissants.

Plus un oiseau ! Plus un animal !

Ils se sont tous terrés, quelques heures à peine avant le déclenchement des incroyables événements.

Hébétée, une foule hagarde progresse et reflue, suivant chaque détail de l'évolution du cataclysme - de minute en minute ! oscillant entre prière et vocifération, action et découragement.

Pour leur part, déambulant parmi les uns et les autres, tourmentant davantage encore les esprits et les âmes, accusant, notamment, les inconséquences des nouvelles lois de l'« Union », les divers « Mages » et « Sorciers » se frottent les mains !

S'ils en réchappent, ils y auront gagné, non seulement, une clientèle assidue, mais un réel pouvoir planétaire !

Qui sait si ces infâmes sectes, réunies, pourraient aller jusqu'à corrompre la totalité des terres émergées ?

Cependant, tandis qu'on ne voit toujours pas poindre l'aube, une question cruciale demeure en suspens, sur toutes les lèvres :

— « Combien de temps tiendra la Terre ? »

Nul ne pouvant mesurer l'intensité de la « Grande Catastrophe » - aux prémices de laquelle on assiste, assurément ! la multitude se serre spontanément les coudes.

En moins d'une seconde, toute dissension se retrouve résolument oubliée !

On ne pense même plus au sort de la Triade – qui semble avoir instantanément disparu, ayant laissé la vieille tour vide et ouverte.

Tandis que l'obscurité s'épaissit, des flammèches lèchent maintenant les bosquets, alors que le monticule circulaire résonne des coups de boutoir d'un océan déchaîné.

Par à-coups, c'est une vague de lave ; l'instant suivant, un geyser amer et salé !

Partout, on court, on s'appelle !

Remplissant chaque point de l'horizon, une indistincte foule hurle : du haut des toits, des caves dans lesquelles certains, imprudemment, auront cherché refuge, des sentes et des ruelles, où le raz-de-marée humain aura inexorablement écrasé les plus faibles.

L'aube ne viendra pas !

Les cieux roulent de noires boursouflures, que crèvent parfois les éclairs !

Les roulements du tonnerre sont effroyables !

D'épais morceaux de glace – des grêlons énormes ! s'abattent par intermittence, tandis qu'à d'autres moments, la pluie diluvienne emporte les sols et tout ce qui y aura été érigé ou planté.

— « Le Conservatoire ! »

Murmure Ambroisine, se ruant vers l'extrémité Nord de l'ex-vaste domaine : la chambre forte, souterraine, dans laquelle avaient été conservées, au froid, les semences - à la façon d'une banque de données, lorsqu'il avait fallu tout rebâtir, à la suite des effroyables massives destructions d'un conflit atomique sans merci.

Initié avant la « Troisième Guerre Mondiale », c'est bien ledit Conservatoire qui avait sauvé la flore !

Tandis que l'immense zoo qui le jouxtait tentait de protéger, au mieux, toutes sortes d'animaux, qui permettraient, eux aussi, de revenir à une essentielle biodiversité !

La caverne qui abrite le Musée est ouverte, ses voûtes tremblent furieusement – comme agitées de spasmes, tandis que notre agricultrice tente de s'emparer de n'importe quoi, au hasard.

Il est sûrement midi passé que l'on n'aura pas encore vu poindre ni l'aube, ni l'aurore, ni le moindre rai de soleil !

Alerté par les Mères affolées, Django accourt :

— « Ambroisine ! Ambroisine ! »

Autour de l'entrée de la grotte souterraine, des sacs et des sacs jonchent le sol ...

— « Ambroisine, arrête ! »

Maintenant, la montagne se soulève dans son ensemble !

Les arbres de la forêt s'abattent, un à un, comme un jeu de quilles !

— « Ambroisine ! »

La jeune femme est là, trempée, brûlée, défaite, quelques derniers paquets à la main.

À peine se sera-t-elle dégagée du noir souterrain que Django la secoue vigoureusement – inquiet de son hébétude ! tandis que l'assemblée des femmes empoigne les précieuses semences, courant les porter à l'abri des remparts.

Dans le même temps, on aura récupéré, au hasard, comme on le pouvait, quelques têtes de bétail, parmi les troupeaux qui errent, çà et là, déboussolés, meuglant et bramant.

Ces spécimens vont être provisoirement mis à l'abri, dans des circonstances bien précaires, certes, mais dont tout le monde, ici, mesure l'importance cruciale.

Jamais « Ville » et « Champs » ne se seront retrouvés aussi coordonnés dans l'action.

Jamais l'union n'aura été aussi intense !

Puis, toujours dans une obscurité mugissante et glaciale, il semble que l'on perçoit de moins en moins d'individus en activité : les organismes s'avèrent largement plus touchés que les robots !

Une effroyable tempête cosmique sévit, donc, sans interruption, occupant la totalité du premier mois du cataclysme, ce qui fait que peu résisteront et survivront.

Tout particulièrement, on chercherait, d'ailleurs, en vain, les « Mages » : disparus, au contraire de ceux qu'ils se targuaient d'endoctriner !

Si l'on eût alors été capable d'une vue plus largement panoramique, l'intervention d'Angel ne faisait l'objet d'aucun doute.

Par précaution, l'Ange Noir avait récupéré ses ouailles !

Au fond d'un minuscule abri rocheux, Django et Ambroisine se serrent l'un contre l'autre, le bébé, atone, roulé entre eux, mal protégé par leurs haillons.

Ils finiront, eux aussi, par totalement perdre conscience.

Englués dans un coma béat, ils ne souffrent plus !

En songe, alors qu'il lui apparaît de plus en plus fréquemment, Django éprouvera, à maintes occasions, la sensation d'une distincte présence de Vulcor :

— « Père ! »

Appellera-t-il.

Ce faisant, de façon trouble, il a l'impression que des hordes de sortes de cosmonautes blancs s'agitent, partout autour d'eux - sans bien pouvoir discerner les finalités de leurs actions.

Il verra aussi Misor souffler sa chaude haleine sur le corps inerte de l'enfant.

Simultanément, plus Django noue un dialogue télépathique qui se fournit, peu à peu, avec ledit Vulcor, plus l'aura qui rayonne de ces deux êtres, jour après jour, permet que se dissipent les ultimes miasmes des faux dogmes que répandaient, à profusion, les sectes.

Physiquement, jamais la dernière grappe humaine n'aura été autant en danger.

Cependant, sur cette poignée d'âmes en détresse, c'est la « Coalition des Forces du Bien », qui semblerait l'emporter !

Sans s'en douter, mue par le puissant attrait d'ineffables rayonnements, profitant, par ailleurs, de quelques secondes de semi-éveil, la famille des rescapés aura, pas à pas, physiquement, fini par converger vers le « Centre » originel.

Les corps étendus occupent, désormais, le vibrant noyau de l'ultime symbolique quadrature : liés, soudés, fraternels !

Profitant de l'insondable énergie émanant de l'« Accord Parfait » !

« Lorsque le premier bébé rit pour la première fois, son rire se brisa en un million de morceaux, et ils sautèrent un peu partout. Ce fut l'origine des fées. »

sir James Matthew Barrie

19.Xabat, l'Enfant du Pacte

L'aîné de Django et d'Ambroisine s'avère, donc, le pionnier d'une lignée doublement citadine et rurale.

De sa mère, il tiendra ce solide bon sens qui fortifie toute existence ; de son père, la capacité qu'ont les déracinés à espérer, rêver et forger d'efficients vœux !

De la figure féminine qui l'aura engendré, sa robustesse ; par sa mâle hérédité, une apparente faiblesse, mais une opiniâtreté qui constituera sa réelle puissance !

Pour l'instant, vagissant, le nourrisson subit, comme les adultes, la colère des éléments : un furieux déchaînement contre lequel, bien fragiles, les corps à demi vêtus de ses parents s'emploient à faire rempart.

Né dans d'opaques ténèbres, sur une Terre secouée par les séismes et les raz-de-marée, seul, le tiède lait maternel le retient à la vie.

Tout contre le sein nourrisseur, le bébé hume une puissante respiration - ambrée et salée ! y accrochant les bribes de son ultérieure assurance :

— « Dame Nature vainc sempiternellement ! »

Se réaffirme la jeune femme, qui perçoit de familières furtives présences, autour d'eux.

À l'extérieur de la grotte qui a recueilli les quelques derniers corps agonisants, jamais on n'aura perçu tornades plus violentes !

Malgré la discrète activité de Forces Vives - d'Esprits immensément inventifs et créateurs, jamais leurs effrayants tourbillons n'auront autant arraché de terre, de plantes et d'arbres à une planète, dont l'avenir semble particulièrement incertain.

C'est, donc, en dépit des gémissements des uns et des autres, le seul possible « Futur », que le jeune garçon incarne : portant, de plus, en lui - de par sa riche hérédité, l'espérance accrue d'une totale pacification.

Entérinant le contraste originel que son être synthétise, sa marraine, Floriane, est la dernière des « Mères » du Domaine, tandis que son parrain, Hercule - bien plus libertaire, aura, depuis toujours, hanté les ruelles de la capitale.

Dès ses premiers jours d'existence, promis à une éducation qui prônera, avant tout, l'autonomie, Xabat (prénom unissant l'alpha et l'oméga), à l'instigation de ce dernier, eût, réellement, pu devenir « sans foi ni loi » !

L'adulte en question ne s'avérait, d'ailleurs, pas l'unique esprit en voie de total affranchissement. Ladite aspiration aura longuement couvé, jusqu'à germer, croître et se multiplier.

Par exemple, en effet, avant même le déclenchement des terribles événements, Django s'était violemment élevé contre les perfides fastes dont les Mages s'évertuaient à les entourer, lui et sa future famille.

Il n'aura pas attendu leur mystérieuse disparition, pour - quasi instantanément ! renier et rejeter, par tous les pores de sa peau, des dogmes vains et trompeurs.

À sa suite, le clan tout entier s'en sera promptement détourné, lui aussi !

En ultime recours, le chef de la modeste communauté humaine appelée à se reconstituer, peu à peu, se fiera, de plus en plus ouvertement, à un Vulcor, qui devient, en quelque sorte, pour lui, comme un mentor spirituel – posant ouvertement la question de ses origines biologiques, qui lui restent encore voilées.

Six « mois » après, tandis que, raffermi, rendu à sa coutumière activité, il travaille, d'arrache-pied, à secourir la planète en détresse - échafaudant de successives parades à chaque nouveau cataclysme, on devinera, peu à peu, au gré de leurs entretiens sincères et confiants, que ledit Vulcor se comporte, désormais, comme s'il était son véritable père.

Tout autoriserait à croire que Django appartient au peuple des « Hommes-Étoiles » !

Cela constituerait la troisième noble lignée du jeune Xabat (un patronyme qui signifie, également : « de là-bas » !) - auquel les exemples de vertu et de courage ne manqueront donc pas, tout au cours de son enfance !

C'est le regard clair de l'enfant, qui s'impose prioritairement : tendre, mais d'une incomparable fermeté, droit et, cependant, d'une intelligente souplesse.

On le qualifiera de « Xabat le Malléable » !

Ensuite, comme les siens, il est vêtu extrêmement simplement : les quelques survivants bandent leurs forces pour limiter les désastres, se contentent de peu, ne songent plus aux futiles dérivatifs qui les ravissaient auparavant.

Enfin, nettement supérieur à l'ensemble de ses proches, le garçonnet possède le « Don » au plus haut point : mais il ne l'utilisera jamais à des fins égocentriques, réservant les bienfaits que procure ledit « Pouvoir » aux plus souffrants des siens.

Telle sera la destinée de « Xabat le Guérisseur » !

Un mois d'incertitude s'ouvre encore pour la Communauté, déjà fortement éprouvée.

Durant ce laps de temps, le jeune Xabat a disparu !

Ce ne sera pas faute de le chercher partout.

Mais il n'est nulle part !

Alors que le jeune couple, hébété - désespéré et découragé ! semble sombrer dans une fatale angoisse, voilà le bambin qui réapparaît, innocent !

Jamais il n'expliquera sa longue absence.

Seulement, aux intimes qui insistent, il suggérera qu'il avait à faire « Ailleurs » !

Rétrospectivement, tous se prennent d'une terreur accrue : si chacun peut, ainsi, fuguer et mettre sa vie en danger, la fragile Collectivité a-t-elle un avenir ?

Seule Ambroisine, maintenant, sourit.

Il n'y a que la mère pour avoir, peu à peu, perçu l'objectif ultime du rapt.

Elle aura même entrevu l'enfant, durant sa brève initiation, qui se déroulait sur une planète - bien bizarre ! sous l'égide de Vulcor.

Enfin, un intense soulagement va, de nouveau, régner, unanime :

— « Le petit est de retour ! »

Immédiatement, on décide de « marquer le coup » par une fête, qui exorcisera tous les démons, s'il en reste !

Parce que, en ces jours cruciaux, où ciel et Terre sembleraient littéralement basculer, ledit Xabat s'avère le seul enfant encore vivant !

L'Avenir de tous !

« Un chant plein de bonheur qui monte vers le jour ! ... - C'est la Rédemption ! c'est l'amour ! c'est l'amour ! »

Soleil et chair. – Rimbaud

20.Les Prémices de la Rédemption

L'esprit surpasse le matériel :

— « L'âme vaincra ! »

Se répète, pour la énième fois, Django :

— « L'Amour est le plus fort ! »

Cherchant, au travers de ses maximes, un hypothétique réconfort, il serre davantage, contre lui, Ambroisine et le jeune Xabat - leur faisant continuellement un bouclier de son propre corps, à côté duquel Misor veille, plus fidèlement que jamais.

Il ne s'ouvrira pas à sa femme de ses dernières méditations.

Pourtant, s'il avait su !

Bien entendu, Ambroisine ne doute pas une seconde de la réalité spirituelle d'une Nature qu'elle aura tant travaillée qu'elle sera devenue comme un prolongement d'elle-même.

— « Les génies de la Nature vaincront ! »

Aurait-elle pu murmurer à son époux, pour l'encourager.

— « La Gravitation Universelle s'origine et s'alimente de l'Allégresse des Attirances Partagées ! »

Quant au petit, lové entre ses parents, il n'éprouve que l'ineffable rayonnement d'une tendresse et d'une affection démesurées : de chaudes vibrations spiralées, plus vastes que la totalité des Mondes !

— « Le Principe perdure ! »

Assurerait Vulcor, sans hésitation aucune.

C'est la Forme, qui guide et architecture la Manifestation : pas l'inverse.

— « Inexorablement, l'Esprit – prévalent ! impose, jour après jour, sa formidable Marque, sur la Matière ! »

C'est ce que, surmontant des tornades d'une puissance impressionnante, émergeant de vapeurs simultanément bouillonnantes et glacées - tantôt brûlés, tantôt noyés, les hommes vont s'appliquer à redécouvrir, peu à peu, au fil des atroces blessures provoquées par les successives phases d'une « Grande Catastrophe » aux effets absolument inouïs !

Une colère planétaire gigantesque - démesurée ! qui aura désarticulé les éléments, désagrégé et refusionné l'eau, le ciel et les terres émergées !

Un cataclysme d'une envergure folle, instantanément propagé à la galaxie !

Une abominable et interminable épreuve, donc, qui aura duré, au total, l'équivalent de plus d'une « année » (si la Terre n'avait pas, définitivement, changé de Dimension Spatio-Temporelle) : un épisode terrible, au cours duquel l'infime poignée des rescapés - terrorisée ! aura eu tout le temps de s'abandonner à la Prière, tandis qu'elle pliait et s'abîmait, tremblante, au cœur d'épaisses ténèbres.

Heureusement pour les plus forts et les plus déterminés d'entre eux, c'est leur aptitude spontanée à créer de la réalité virtuelle qui va achever de les sauver.

Par bonheur, aussi, parmi les cruelles dévastations, on compte celle de l'Usine, que nul ne regrette !

Plus d'armement, plus de guerre !

Préoccupé par le salut de la Communauté renaissante, Vérantis aura notablement réajusté la puissance du « Don » : particulièrement renforcé chez Xabat - en qui il a toute confiance, le « Pouvoir », désormais lié au potentiel spirituel, restera, inéluctablement, encadré et limité, en ce qui regarde ses membres les plus fragiles.

Nantis de ce précieux sésame, les rescapés vont, une énième fois ! rebâtir, intégralement, une Civilisation « humaine », sur la planète Terre.

La tâche sera rude !

Personne, encore, n'imagine comment amplifier le travail engagé au « Domaine », nettoyer et endiguer l'effroyable pollution, rééquilibrer l'atmosphère, décontaminer fleuves et océans.

Par contre, une unique obsession prédomine : planter partout - tout particulièrement, des arbres à foison …

Durant la « Nuit sans fin » - comme on appellera, bientôt, le terrible Cycle que l'on vient, à grand-peine, de surmonter, Django aura trouvé maintes opportunités de détailler, mentalement, le processus lui-même de la Rédemption.

Chaque facette de l'opération lui sera très clairement apparue, dans sa pleine dimension, fondamentale, d'appartenance à une « Géométrie » - véritablement « Sacrée ».

Les quelques citadins rescapés commencent tout juste à comprendre la bizarre architecture de leur capitale, qui semble jalonner le mystérieux passage d'un monde spirituel (une valence supérieure, incarnée par le cercle) à la tridimensionnalité terrestre (limitée, symboliquement, par le carré).

Seuls, Django - puis bientôt Xabat, iront plus loin, scrutant l'ultime « Signe ».

C'est vraiment la « Croix », qui assure une continuelle circulation, à double sens : « passerelle » entre le cercle, son centre et le carré, par elle, Pensée et Civilisation humaines se relient, indéfectiblement, aux Forces Créatrices Universelles !

Bien que nul n'ait jamais su, exactement, dénombrer les « jours » et les « mois » (une durée si bizarrement ponctuée !) durant lesquels l'effroyable cataclysme aura paralysé corps et esprits - laissant hagardes et à demi-comateuses les quelques créatures encore en vie, il y eut, cependant, un formidable « Matin ».

Une sublime seconde de clarté laiteuse, durant laquelle chacun put enfin se dire :

— « J'existe ! »,

S'éprouvant, allègrement, rempli de forces nouvelles, prêt à soutenir les futures batailles.

On était neuf !

Neuf représentants d'une espèce qui en avait compté des milliards !

Et un seul enfant …

Le Passé sembla, d'un coup, balayé.

Plus un « Mage », plus un brigand, plus un politique : juste neuf êtres « ordinaires », qui avaient souffert, dans leur âme et leur chair, de la part de Dame Nature, les pires sévices !

Malgré d'épouvantables conditions physiques – l'existence terrestre demeurant, pour longtemps, particulièrement précaire, la communauté embryonnaire va s'abriter, se nourrir tant bien que mal - grâce audit « Don », se remettre à cultiver, pas à pas forger des projets davantage ambitieux …

Puis, perdre, petit à petit – inéluctablement ! son merveilleux « Pouvoir » …

La famille élargie reporte, alors, son espérance, sur Xabat.

Celui-ci va être d'autant mieux estimé que, davantage encore que chez son propre père, son esprit s'alimente, inlassablement, d'un idéal des plus élevés, tandis que, dès sa plus tendre enfance, sa continuelle générosité semblera sans bornes.

Farouchement intrépide, c'est lui qui va, dépassant ses limitations, entraîner le clan !

Dès l'adolescence, ses initiatives s'avéreront nombreuses.

Réparer, nettoyer, harmoniser : il excelle à fédérer les énergies, initiant la Renaissance de la Capitale, parallèlement à l'expansion du Domaine.

Effectivement, instinctivement explorateur, il élargit considérablement la circonférence des « Terres Abritées » - qui débordent, dorénavant, le monticule protecteur.

Sous son égide – juste après la passation de pouvoir, de Django à son fils, les hommes renouent avec l'écriture.

À peine intronisé, il ne cesse de souligner, d'ailleurs, la nécessité de conserver – pour les générations futures ! chaque épisode d'une « Histoire » mouvementée : des tribulations qui contribueront à porter l'espèce, à nouveau, au plus haut niveau !

Enfin, plus complètement encore que son prédécesseur, Xabat témoigne, spontanément, d'un énorme ascendant sur la cohorte des robots : son indéniable puissance spirituelle lui aura, d'emblée, allié Misor et les siens – qui ont tout intérêt, désormais, à une commune reconstruction.

Les « Mages » captifs d'Angel, Marcus et les Gouvernants enfuis, l'Usine démolie, la Pègre anéantie, sous la discrète et respectueuse protection de la sublime Alliance conduite par Vulcor, une ère de Paix paraît s'ouvrir enfin, engendrant un enthousiasme sans bornes, assorti d'une communicative allégresse : deux indéniables qualités, qui sembleraient des plus propices à rétablir Prospérité et Progrès !

Fin du Tome 1.

Table des matières

Avertissement..9

1.Django, l'Homme-Étoile...11

2.Hua, la Grenouille...26

3.Misor et la Confédération des Intelligences Artificielles .38

4.Mistigri..43

5.Le Don ; la Formule 53

6.Ambroisine et les Esprits de la Nature 69

7.Les Mères ; Les Pères. 86

8.Marcus - Du Pouvoir à la Planète Mars..............................94

9.Le Grand Départ...102

10.Vulcor – L'Assemblée Universelle 119

11.Marcus – Les Ramifications de la Mafia.........................130

12.Django - Vers la Liberté..142

13.La Libération...154

14. Les Forces Obscures 169

15.Django et le Clan des Pacifistes ; La Trahison d'Ambroisine. 177

16.La Rupture 190

17.Mages et Magiciens 196

18.La Libération ; La Grande Catastrophe..........................204

19.Xabat, l'Enfant du Pacte 217

20.Les Prémices de la Rédemption......................................222

Dépôt légal mai 2019

PGCOM Editions Route Inthatarteak 64480 Ustaritz